Hans Conrad Zander; Georg Bungter

Haus Hi[illegible]

Hans Conrad Zander; Georg Bungter

# Haus Himmelstür

## Der größte Arztroman aller Zeiten!

LIT

**Die Deutsche Bibliothek – CIP-Einheitsaufnahme**

***Zander, Hans Conrad; Bungter, Georg***
Haus Himmelstür : Der größte Arztroman aller Zeiten! /
Hans Conrad Zander; Georg Bungter. –
Münster : LIT, 1999

ISBN 3-8258-4506-0

NE: GT



Auslieferung: Grevener Str. 179 48159 Münster
Tel. 0251–23 50 91 Fax 0251–23 19 72

# 1.

## *„Haus Himmelstür –<br>Wie wird es sein?“*

Feuer! Feuer! Feurio!

Kirchturmhoch schlagen die Flammen aus allen vierzehn Stationen der heimeligen Privatklinik inmitten von herrlichem alten Baumbestand: Haus Himmelstür brennt.

Eben noch spiegelte sich der letzte Widerschein der sinkenden Sonne friedlich in dem graziösen Betonbau; säuselnd liebkoste der Abendwind den jungfräulichen Richtkranz hoch über der Luftschutzsirene. Ja heute, heute vor 14 Tagen erst hatte der berühmte Professor aus der Hand des genialen Architekten den goldenen Schlüssel entgegengenommen – den Schlüssel zur „Himmelstür", zu seinem Lebenswerk. Von der ersten Stunde an war die „Klinik der Superlative", wie sie von den Massenmedien genannt wurde, hoffnungslos überbelegt. Bresthafte aus aller Herren Länder hatten nicht Ozeane noch Kontinente gescheut, um hierher zu kommen – getragen von der Hoffnung auf die wundertätigen Hände dieses Arztes. Und jetzt? Feuer! Feuer! Feurio!

Tonnen von Verbandsmull geben dem gefräßigen Element reichliche Nahrung. Rotglühend tropft der Beton gleich flüssiger Lava von den Wänden. Und dann ein Donnerknall, der Haus Himmelstür bis in die Grundfesten erbeben läßt: Das Sauerstoffzelt ist explodiert!

„Na, na, na!" Hoch droben im festlich erleuchteten Operationssaal runzelt der weltberühmte Professor die Stirn. Und während er mit der einen Hand den wild schwankenden Kronleuchter über dem OP-Tisch zur Ruhe bringt, setzt er mit der anderen das messerscharfe Skalpell noch einmal an. Berstend zersplittern die volltransparenten Aluminium-Drehkippfenster, gierig züngeln die Flammen über den hochsterilen Veloursteppichboden. Aber für ihn zählt nur eins: das Leben des Patienten. Fast unmerklich hebt der Professor seine buschigen Augenbrauen und wirft seinem Team quer durch den beißenden Qualm einen knappen fragenden Blick zu. Und es ist, als ob Dr. Orango, der junge Assistenzarzt aus Afrika, allen aus der Seele spräche: „Chef, sagt er mit leiser, aber fester Stimme, „Chef, ich bleibe."

Draußen tobt das flammende Inferno. Uhren bleiben stehen, Türen quietschen, Reagenzgläser springen dröhnend entzwei. Im 14. Stock versucht die Bettnässerstation das Menschenmögliche. Und während die Krankenschwestern wie aufgescheuchte Hühner durch die Korridore waten, seilen sich die Patienten in vorbildlicher Disziplin und anständiger Haltung vorschriftsmäßig an ihren Bettüchern ab – Laken um Laken, Stockwerk um Stockwerk.

Drinnen im OP-Saal hat der weltberühmte Professor den Kittel ausgezogen. „Mehr Blut, Dr. Orango!" sagt er knapp. „Geben Sie hundert Tropfen pro Minute! Gleich habe ich es geschafft."

In diesem Augenblick schreit Gaby, die sonst so beherrschte Instrumentenschwester, auf. Eine Unterbindung ist geplatzt; das Blut schießt aus der klaffenden Wunde. „Halten Sie“, befiehlt der Chef seinem schwarzen Assistenten. „Fixieren Sie die Kanüle und schließen Sie die Kochsalzlösung an!“ Schon fängt der Gummibaum neben dem Operationstisch Feuer, aber unbeirrbar tut der große Chirurg seine Pflicht.

Tatütata! Tatütata!“ Kaum hat das Deutsche Fernsehen auf den Zinnen des Schwesternhauses seine Kameras aufgebaut, da nähern sich schon aus allen vier Winden die beliebten Rettungsdienste. Von Süden her – tatütata! – der Malteser-Hilfsdienst. Von Norden her – tatütata! – die Johanniter-Unfallhilfe. Von Osten her – tatütata! – der Arbeiter-Samariter-Bund. Und von Westen her- tatütata! – die gelben Engel vom ADAC.

Der Zusammenstoß ist fürchterlich. Alle vier Wagen gehen sofort in Flammen auf. Nur leise noch flüstert ein einsames Martinshorn: tatü – tata – tatü – tata ...

Droben im festlich erleuchteten Operationssaal wirft Dr. Orango einen raschen Blick zum Fenster. Das erfahrene Auge des Arztes erkennt sofort die Lage: ein Unfall! Welchen Hilfsdienst soll er anrufen? Eine Sekunde nur überlegt der schwarze Assistenzarzt – und diese Sekunde wird zum Verhängnis. Denn eine Sekunde nur hat er die Kanüle losgelassen, und diese Sekunde genügte: Die tödliche Nadel wird durch die Vene angesaugt und verschwindet blitzartig im Blutkreislauf des Patienten.

Atemlose Stille. Ein Schwarm verkohlter Röntgenaufnahmen kommt durchs zerborstene Fenster geflattert und läßt sich rabengleich auf dem Operationstisch nieder. Mit entschlossener Gebärde wischt der Professor sie beiseite. „Meine Herren! Einen Exitus kann ich mir nicht leisten – jetzt nicht! Der gute Ruf meiner Klinik steht auf dem Spiel!“ Mit geballter Aufmerksamkeit verfolgt er die verhängnisvolle Nadel auf dem matt fluoreszierenden Röntgenschirm. Gnade Gott, wenn sie den Weg zum Herzen findet!

‘SSchnell“, murmelt der Chirurg bleich, aber gefaßt, „wir müssen der Kanüle den Weg abschneiden!“ – „Abschneiden?“ fragt Dr. Orango totenbleich. ‚Jawohl, abschneiden!“

Und dann geht auf einmal alles ganz schnell. Schnitt durch den Unterschenkel – zu spät. Schon ist die Nadel weitergeflutscht. Schnitt durchs Knie – zu spät.

Schnitt durch den Oberschenkelhals – zu spät. Dann läßt der schwarze Arzt käsebleich die Säge sinken. „Das da“, flüstert er tonlos, „das da auch?“ – „Abschneiden“, nickt der Chef ohne Zögern. Doch zu spät.

Schon nähert sich die todbringende Nadel der

Aorta. Einen Augenblick scheint sogar der weltberühmte Professor zu zweifeln, wie es weitergehen soll. Aber es gibt nur noch eine Möglichkeit, das Leben des Patienten zu retten. Knapp und schicksalsschwer hallt durch den rußgeschwärzten Operationssaal das Kommando: „Kopf ab!" Und während Dr. Orango mit einem einzigen sauberen Schnitt das Haupt vom Rumpfe trennt, gelingt es dem Chef, die mörderische Nadel aus der Aorta zu ziehen-eine Sekunde, bevor sie das Herz erreicht.

In diesem Augenblick bricht alles zusammen. Vor den Augen des fassungslosen Operationsteams steigt der gesamte Verwaltungstrakt in einer bengalischen Feuergarbe zum Himmel. „Das ist das Ende", flüstert der Professor. Und über den Ruinen seines Lebenswerkes gibt er mit lauter, aber fester Summe die letzte Anweisung: „Operation abbrechen, Patient einpacken und nichts wie raus!" In fieberhafter Eile reißt Schwester Gaby 14 Polyäthylenbeutel von der Endlos-Rolle, packt den geretteten Patienten Stück für Stück in die hochsterilen Tüten und knotet sie keimfrei zu. Fragend blickt sie zum Chef auf.

„Wohin damit?"

„Sofort schockgefrieren!"

„Aber Chef... !" haucht Gaby errötend und deutet hilflos auf das kleine Häufchen Plastik, das übriggeblieben ist von der gewaltigen Tiefkühltruhe des Hauses Himmelstür. „Dann in Gottes Namen rasch hinüber – ins Kühlhaus des Städtischen Schlachthofs!"

Und dann treten sie heraus: 14 Schwestern, Oberärzte und Assistenzärzte im Gänsemarsch, jeder einen Plastikbeutel unter dem Arm. Gespenstische Stille. Nur die Kameras surren in gespannter Erwartung. Nichts steht mehr von Haus Himmelstür außer den rauchgeschwängerten Grundmauern.

Und dann auf einmal im hellen Licht der Scheinwerfer eine hohe, aufrechte Gestalt: Vom Schicksal gebeutelt, aber nicht bezwungen, verläßt der weltberühmte Professor als letzter die sinkende Klinik.

# 2.

*Was bis jetzt geschah:*

*Während der weltberühmte Professor mit seinem hochqualifizierten Team gerade eine atemberaubende Operation durchführt, bricht in der funkelnagelneuen „Klinik der Superlative“ das Feuer aus: Haus Himmelstür brennt! Während sich die Patienten vorschriftsgemäß an ihren Laken abseilen, rasen vor dem Krankenhaus vier Rettungswagen ineinander. In diesem Augenblick flutscht eine Kanüle in den Blutkreislauf des prominenten Patienten auf dem Operationstisch. Auf der Suche nach der verhängnisvollen Nadel wird der Patient säuberlich in 14 Stücke zersägt und anschließend im Kühlhaus des nahegelegenen Schlachthofes eingefroren, da das rasch vorandringende Feuer es nicht erlaubt, den geretteten Patienten wieder zusammenzunähen.*

*Wie wird es weitergehen?*

„Herr Präsident! Herr Generaldirektor! Eminenz! Effizienz! Monsignore! Meine Damen und Herren! Liebe Männer und Frauen … “

Hoch droben unter dem jungfräulichen Richtkranz hebt der weltberühmte Professor sein Glas. Und augenblicklich verstummt das fröhliche Treiben auf der reizvollen Großbaustelle. Eben noch hatten sie in wahrhaft demokratischer Leutseligkeit miteinander geplauscht und gescherzt:

Hassan, der wackere Polier aus dem fernen Marrakesch, mit Uwe, dem jungenhaften Staatssekretär aus der nahen Bundeshauptstadt; Gaby, die fesche Röntgenassistentin, mit der tapferen Galle von Zimmer 913; Mutter Genoveva, die resolute Oberin, mit Karl-Heinz, dem sensiblen Preßluftbohrer. Jetzt aber blicken sie alle gebannt nach oben:

Der Chef spricht!

„Wissen Sie noch, wie es hier vor vier Wochen gebrannt hat? Ich kann Ihnen sagen! Aber so was kommt uns nicht wieder vor!“ Und er läßt seinen Blick schweifen über den gewaltigen Löschteich, der die wiedererstandene Klinik von allen Seiten umflutet: „Nichts bleibt zu sagen – alles bleibt zu tun! Und so schließe ich denn meine Rede mit einem schlichten, aber ergreifenden ‚Prost Klinik‘ !“

Gläser klingen, Stimmen jauchzen, Hände schütteln einander. Das fröhliche Treiben auf Haus Himmelstür setzt mit unverminderter Wucht wieder ein. Wer sieht schon das winzige Kumulus-Wölkchen am strahlenden Firmament; wer ahnt schon, was sich da hinter den Bergen zusammenbraut; wer hört schon in all dem Lachen und Jubel das dräuende Signal aus schwefelgelber Ferne:

Grummel ... Grummel ...

Dann ist es da. Es fährt mit rauhem Besen durch Wald und Feld und Flur. Die hartgesottenen Kameramänner vom Westdeutschen Rundfunk knüpfen ihre Parkas zu. In Windeseile rettet die Schwesternschar das üppige kalte Büffet in den frischgetünchten Operationssaal. Draußen aber, auf dem wildwogenden Löschteich, steckt Heloise, die einsame Schwänin, den Kopf ins schützende Wasser. „Kinderchen", sagt der Professor mit leiser, aber fester Stimme, „wer wird schon den Kopf verlieren wegen so einem bißchen Gewitter!"

In diesem Augenblick durchzuckt ein Wetterstrahl, hell wie der Blitz, das bleierne Firmament. Und ein feuriger Ball, so groß wie ein Kindskopf, schwirrt, wie von Geisterhand bewegt, durch das geschlossene Aluminium-Dreh-kipp-Fenster, dreht eine Ehrenrunde um das kalte Büffet auf dem Operationstisch und wendet sich dann zielstrebig dem Ausgang zu.

„Donnerwetter", flüstert der Professor, „ein Kugelblitz." Dann hält auch er den Atem an. Gebannt verfolgen alle, wie der gleißende Feuerball in unentschlossenem Zickzack über den Löschteich irrt und in der Ferne entschwindet. „Na bitte", lächelt der Professor, „ich sagte doch eben: so etwas passiert uns nicht nochmals!"

In diesem Augenblick läßt ein ungeheurer Knall Haus Himmelstür bis in die Grundfesten erbeben. Pechschwarze Finsternis bricht herein. „Mein Gott", flüstert Schwester Gaby mit leichenblasser Stimme, „er hat das Transformatorenhäuschen getroffen."

Nur einer schaltet sofort: der Professor. „Jesses, mein Patient!" Dr. Orango stutzt ein-, zweimal. Dann geht auch dem schwarzen Assistenzarzt aus Afrika ein Licht auf. Der Patient mit der Kanüle im Kreislauf! In 14 Teile zerschnitten liegt er lebendig eingefroren im Städtischen Schlachthof. Bei Stromausfall ist er höchstens 24 Stunden haltbar.

Draußen rauscht in schwarzblauer Nacht Sturzbächen gleich der Regen. 14 Regenschirme stapfen wortlos auf schlammigem Pfad. Vorne im flackernden Schein der Sturmlaterne die hagere Gestalt des Professors. Das tosende Wetter reißt ihm den Hut vom Kopf. Er merkt es nicht einmal. Für ihn zählt nur eins: Er muß den Patienten aus dem Kühlhaus holen. Er muß ihn auf dem Operationstisch haben, bevor er auftaut. Was schert ihn Kälte, schert ihn Sturm – ein Arzt ist immer ein Arzt. Dann waten sie zurück durch die gurgelnden Fluten, 14 Helden, jeder einen Tiefkühlbeutel unterm Ölzeug. Das Wasser rauscht, das Wasser schwoll. Noch zehn Minuten bis Buffalo.

Bis zu den Hüften versinkt der weltberühmte Chirurg im schlüpfrigen Schlick. Aber unbeirrbar watet er weiter. Noch fünf Minuten bis Buffalo.

Majestätisch segelt ein abgedecktes Dach über die tapfere Schar. Keiner hat sich auch nur geduckt. Und noch drei Minuten bis Buffalo.

Da! Ein Froschmann vom Westdeutschen Rundfunk teilt mit mächtigen Armen die schäumende Gischt. „Herr Professor", quakt er ins Mikrofon, „wie beurteilen Sie die Lage?" Und noch eine Minute bis Buffalo. Dann sind sie da. Auf allen vieren robben sie auf schwankendem Steg über den Löschteich. Und kaum hat der letzte das rettende Marmorportal der Klinik erreicht, da bricht auch schon die Brücke hinter ihnen zusammen, verschlungen vom tosenden Strudel. Haus Himmelstür ist von der Außenwelt abgeschnitten. „Herr Professor, ich verlasse sofort das Haus!" Mit gesenktem Kopf ist Oberschwester Genoveva vor den schlammigen Chirurgen getreten. „Chef, diese Operation ist heller Wahnsinn! Das Operationsbesteck ist soeben weggeschwommen und auf dem OP-Tisch steht das kalte Büffet."

„Genoveva, kleines Dummerchen!" lächelt der Professor und greift ihr väterlich unters Kinn. „Die Technik ist eine gute Sache. Aber letztlich zählt doch nur eins: die heilenden Hände des Arztes."

Mit hochrotem Kopf wendet sich Schwester Genoveva ab. Daß sie das hatte vergessen können! Und von Scham beflügelt stürzt sie sich in die Arbeit. Sie fegt die Häppchen und Salate vom Operationstisch. Lagerichtig von Kopf bis Fuß sortiert und komponiert sie die 14 Einzelteile des Patienten. Über dem brutzelnden Feuer eines Camping-kochers sterilisiert sie ein Notbesteck, das der Professor selbst fachkundig aus Schüsseln und Näpfen zusammengeklaubt hat: Austernmesser, Schaschlikspieße, Mokkalöffel, Fonduegabeln, Schneckenzangen.

In diesem Augenblick geht ein gewaltiges Beben durch Stahl und Beton. Ächzend hebt sich das kolossale Krankenhaus aus den Fundamenten, neigt sich nach Westen, bäumt sich wieder auf, neigt sich nach Osten. Und dann, von Sturmeshand geschoben, legt Haus Himmelstür ab und schwimmt mit der Sintflut davon.

„Schwester", sagt der Professor mit leiser, aber fester Stimme, „bitte reichen Sie mir die Geflügelschere!" Draußen ziehen Telegrafenmasten vorüber, Dörfer gleiten vorbei, ein Leuchtturm grüßt aus der Ferne. Drinnen aber, im festlich erleuchteten Operationssaal, beginnt zu dieser Stunde die größte Operation aller Zeiten.

# 3.

*Was bis jetzt geschah:*

*Haus Himmelstür, die Klinik der Superlative, ist sofort nach dem Richtfest abgebrannt. Aber der weltberühmte Professor gibt nicht auf. Inmitten eines riesigen Löschteichs ersteht das weltberühmte Hospital in neuem Glanz. Doch sofort nach dem Richtfest geht ein weltberühmter Wolkenbruch nieder. Der Blitz schlägt ein. Der Strom fällt aus. Sofort rettet der Professor den in 14 Teile zersägten Patienten aus dem Kühlhaus des nahegelegenen Schlachthofes und schafft ihn auf den Operationstisch, bevor er auftaut. In diesem Augenblick reißt sich Haus Himmelstür aus seinen Grundfesten und schwimmt mitsamt dem Löschteich majestätisch davon. An Bord befinden sich die Ehrengäste aus Presse, Politik und Priesterschaft sowie das hochqualifizierte Personal. Droben im festlich erleuchteten Operationssaal stellt derweil Oberschwester Genoveva aus dem kalten Büffet ein Notbesteck zusammen.*

*Gleich beginnt die größte Operation aller Zeiten.*

„Schwester, reichen Sie mir bitte die Geflügelschere!“ Während Haus Himmelstür leise schwankend stromabwärts stampft, blickt das treue Operationsteam gebannt auf die feinnervigen und doch so greifsicheren Hände des Professors. Wird es seinem schöpferischen Genius gelingen, diesen 14 hilflos dahinschmelzenden Eisklumpen den Odem des Lebens wieder einzuhauchen? Zweifelnd krault sich Dr. Orango, der sympathische Assistenzarzt aus der Dritten Welt, durch das krause Negerhaar. Genoveva, die resolute Oberschwester, beißt sich angstvoll auf die Unterlippe. Gedankenverloren bohrt Gaby, die fesche Röntgenassistentin, in der sommersprossigen Stupsnase. Elke, die adrette Laborantin, kaut blaß an den Fingernägeln, und selbst Dr. Carola Seyffert, die erfahrene Narkoseärztin, kratzt sich sorgenvoll an der Lende. „Schwester“, wiederholt der Professor mit leiser, aber fester Stimme, „die Geflügelschere! Marsch marsch!“ In diesem Augenblick geschieht es. Es geschieht im Schneckentempo. Aber es geschieht. Wie von Geisterhand geschoben, rutscht der Patient in seinen sämtlichen 14 Körperteilen vom Tisch und kullert langsam, aber stetig dem Fenster zu. „Ogottogottogott“, haucht Gaby, die fesche Röntgenassistentin, mir wird so blümerant!“ Nur einer hat die Lage erkannt: der Professor. Mit dem untrüglichen Instinkt des hochdekorierten alten Marineoffiziers schätzt er knapp und präzis: „Haus Himmelstür hat mindestens sechzig Grad Schlagseite!“ Und knapp und präzis gibt er seine Befehle: „Patient einsammeln und anschnallen, ich übernehme das Kommando an Deck!“

Schlohweiß flattert das schüttere Haar des weltberühmten Chirurgen im steifen Südwest. Es flattert wie eine Fahne, die allen wieder neuen Mut einhaucht. Und Mut brauchen sie: die wackeren Waschfrauen, die tief unten im Wirtschaftskeller sämtliche Bettlaken des Hauses mit fliegenden Fingern bügeln und stärken, während Dorsch und Schleie schon am Oberlicht vorbeischwänzeln. Mut brauchen sie, die blutjungen Lernschwestern, die Heinzelmännchen gleich mit der sauber gefalteten Wäsche die Feuerleiter emporgeklommen kommen. Mut funkelt aus den kaffeebraunen Augen von Dr. Orango, wie er mit der unerschrockenen Hand des vielversprechenden jungen Chirurgen Laken um Laken aneinandernäht. Mut beflügelt Schwester Genoveva, die resolute Oberin, wie sie jetzt mit festen Waden den jungfräulichen Richtbaum emporklettert, um das schneeweiße Leinen zu hissen. Und mächtig bläht der steife Südwest das gewaltige Segel.

Sofort hat Haus Himmelstür 75 Grad Schlagseite nach Backbord. Aber das kann doch einen Chefarzt nicht erschüttern. „Zack zack!“ hallt seine gütige, aber markige Stimme durch die klinische

Fregatte, „alle Mann auf Steuerbord! Patienten an die Riemen und frisch gerudert!“ Das Manöver schlägt voll durch. Steil bäumt sich MS Himmelstür empor aus dem schäumenden Schlund und durchpflügt mit stolzem Bug Neptuns tosendes Reich. Zufrieden zieht sich der Professor in seine schlichte Koje zurück, zückt den silbernen Kugelschreiber aus dem blendend weißen Arztkittel und beugt sich über das Logbuch: „Kurs Oost-Nord-Oost, Wind kalt und steif, Geschwindigkeit 20 Knoten. An Bord alles wohlauf. Besondere Kennzeichen: 82 Grad Schlagseite nach Steuerbord.“

Rot ist die Kant’, grün ist das Land, weiß ist der Sand – das sind die Farben von Helgoland. Schlaff hängt das windzerzauste Segel vom jungfräulichen Richtbaum. Gemütlich gurrend schaukeln die Möwen auf der spiegelblanken See.

MS Himmelstür badet sich im purpurnen Glanz der sinkenden Sonne. Droben im festlich erleuchteten Operationssaal wird tüchtig operiert. Zwei links, zwei rechts, zwei rechts, zwei links, einmal durchziehen, eine Zickzacknaht, ein genialer Kreuzstich – und dann eine leise, aber feste Stimme: „Meine Herren, ich danke Ihnen. Wir haben es geschafft.“ Und während Frau Dr. Carola Seyffert dem weltberühmten Chirurgen einen entzückenden Strauß Seerosen überreicht, tritt Schwester Elke schüchtern vor den praktischen Operationstisch, macht einen Knicks und zieht verschämt lächelnd einen zerknüllten Zettel aus der Tasche:

„Was hat dieser Mensch gelitten!
Ganz zerstückt und aufgeschnitten
ward mit Nase, Herz und Ohren
er im Schlachthof tiefgefroren.
Zwischen Ochsenschwanz und Schaf
lag er dort in tiefem Schlaf.
Nach Stromausfall im Sturmeswetter
fand er dennoch einen Retter.
Ja, der Herr Professor tat es,
treu dem Eid des Hippokrates.
In Sturmgebraus und Wellentanz
machte er ihn wieder ganz.
Der Erfolg ist kolossal,
und es lehrt uns dieser Fall:
Des Menschen Heil und feste Burg
ist und bleibt doch der Chirurg!"

In diesem Augenblick schlägt der Patient mühsam die Augen auf, öffnet langsam den Mund, blickt dem Professor dankbar in die Augen und sagt: „Määäh! Määäh! Määäh!" Wie vom Donner gerührt läßt Schwester Elke ihren zerknüllten Zettel fallen. Totenbleich flüstert Dr. Orango: „Da wird doch im Schlachthof keine Verwechslung passiert sein ... ?" Doch der Chef zuckt nicht einmal mit der Wimper. „Meine Herren – ein kleiner Kunstfehler. Vollkommen normal. Hauptsache, der Fall wird nicht in der Öffentlichkeit künstlich aufgebauscht!“ Und dann, mit einem knappen Blick hinüber zu Dr. Carola Seyffert, der erfahrenen Anästhesistin, erteilt er das einzig richtige Kommando: „Vollnarkose und sofort wieder einfrieren!“

Einfrieren – aber wie? Kaum hat Dr. Carola den extradikken äthergetränkten Wattebausch in die Schafsnase gestopft, da gellt hoch oben vom jungfräulichen Mastkorb Schwester Genovevas durchdringendes Organ: „Eisberg ahoi!“ Keine Sekunde zögert der weltberühmte Medizinmann. „Ein Eisberg? Der kommt uns wie gerufen! Sofort ran und eine Scheibe abschneiden! Ich übernehme das Kommando an Deck!“

Dann geht auf einmal alles ganz schnell.

„Steuerbord beidrehen!“

„Spinnacker dichtholen!“

„10 Grad Backbord!“

„Großsegel reffen!“

„Maschine volle Kraft zurück!“

„Rettungsboote aufblasen!“

„30 Grad Steuerbord!“

„Bullaugen schließen!“

„50 Grad Backbord!“

„Flagge streichen!“

„90 Grad Steuerbord!“

„SOS tuten!“

„120 Grad Backbord!“

„Torpedos abwerfen!“

„180 Grad Steuerbord!“

„Nationalhymne singen!“
Und dann, haarscharf vor dem Zusammenstoß, der einsame, aber folgenschwere Entschluß des Mannes auf der Kommandobrücke: „Krankenhaus klar zur Eskimorolle!“ Stille. Soweit das Auge reicht, nichts als Stille. Nur ein leises Kräuseln der Wellen kündet die Stelle, da Haus Himmelstür aufhörte zu sein – vom gähnenden Abgrund für immer verschluckt. Daneben aber, stolz gen Himmel getürmt, eine Symphonie in Weiß. Da sitzen sie alle auf der blütenweißen Pyramide des Eisbergs in ihren schneeweißen Gewändern mit den blendendweißen Häubchen: vierzehn Helden in Weiß, vor ihnen in einem frostweißen Iglu der gerettete Patient; hoch über ihnen aber, die weiße Fahne über die schlohweißen Haare gereckt, vom Schicksal gebeutelt, aber nicht bezwungen, sitzt auf der Spitze des Eisbergs der weltberühmte Professor.

# 4.

*Was bis jetzt geschah:*

*Haus Himmelstür, die bezaubernde kleine Privatklinik, ist nicht kleinzukriegen. Zuerst brennt der graziöse Betonbau während einer hochdramatischen Operation bis auf die Grundmauern nieder, dann schwimmt die wiedererstandene Klinik der Superlative in einem gewaltigen Wolkenbruch mit Mann und Maus davon. Aber der weltberühmte Professor gibt nicht auf. Vom Schicksal gebeutelt, aber nicht bezwungen, steht er als Arzt und Kapitän gleichermaßen seinen Mann: Mitten auf hoher See flickt er einen stückweise eingefrorenen Patienten erfolgreich zusammen. Gerade als er einen kleinen Kunstfehler entdeckt, bereitet ein tückischer Eisberg dem schwimmenden Hospital ein jähes Ende. Zwar sind Mann und Maus gerettet;*

*aber wie wird es weitergehen?*

„Mäh, mäh, mäh!" Hoch droben auf einer saftigen Almwiese, nicht weit vorn Gipfel des Großen St. Bernhard, blökt im Chor mit Heimchen und Maikäfern ein einsames, aber glückliches Schaf. Im Hintergrund erblickt man das Eisgebirge. Im Vordergrund, gleich neben einer uralten Käserei, duckt sich eine nette kleine Privatklinik am Hang entlang: ein architektonisches Juwel von alpenländischer Kühnheit, nahtlos eingegossen in ein überwältigendes Stück Natur. Und es braucht schon ein geschultes Auge, um herauszufinden: wo hört die Käserei auf, wo fängt die Klinik an. „Hier und sonst nirgends", hatte der weltberühmte Professor mit leuchtenden Augen ausgerufen, „hier auf dem Großen St. Bernhard soll Haus Himmelstür endgültig vor Anker gehen. Hier, wo weder Wassersbrunst noch Feuersnot ihm etwas anhaben können, der Sonne nah und den Sternen, hier, an diesem gottgebenedeiten Ort des Friedens!"

Dann waren sie gekommen, ein endloser Zug almauf und almnieder: die Holzfäller und die Glasbläser, die Maler und die Spengler, die Steinmetze und vor allem die Schnitzer, ein Schnitzer nach dem anderen – denn Haus Himmelstür sollte ja vor allem eins werden: eine deutsche Klinik. Und dann, als der sanfte Hauch des erwachenden Frühlings den Klang der Osterglocken aus den Tälern heraufwehte, dann kamen in langer Prozession die Patienten. Aber nur ein kleines Häuflein hatte den beschwerlichen Aufstieg geschafft, nur die stärksten, nur die besten. Der Chef konnte zufrieden sein. „Mäh, mäh, mäh!" Traumverloren streichelt eine zarte Hand übers flockige Fell des lammfrommen Schäfleins. Mitten auf der blumenübersäten Almwiese, in einem entzückenden Dirndlkleid, sitzt Dr. Carola Seyffert, die tüchtige Narkoseärztin. Spielerisch und doch mit bangem Sinn rupft sie ein kleines Edelweiß, Blättchen für Blättchen: Er liebt mich – er liebt mich nicht – er liebt mich... Aber noch ehe das Blümlein sein Urteil spricht, wirft sie's hin: „Da, Schäflein, nimm du's!" Dann schiebt sich ihre schmale Hand hinter die blütenweißen Rüschen, die ihr Herz bedecken, tastet hier, tastet da und nestelt endlich jenes Brieflein hervor, das sie wohl schon hundertmal gelesen, jenes Gedicht von unbekannter Hand, das in ihr die Sturmglocken läuten ließ:

„Immer wenn ich im OP
ganz in deiner Nähe steh,
immer wenn ich Därme nähe
und in deine Augen sehe,
wird es mir so heiß zumut.
Sag, ob das die Liebe tut?
Neulich noch bei der Zirrhose
machtest du die Vollnarkose
– ach, wie mußt' ich mich da mühen,
keinen falschen Schnitt zu ziehen!
Strahlt dein Äug' mich an so hell,

zittert gleich mir das Skalpell.
Gern schmisse ich den ganzen
Mist hin,
du himmlische Anästhesistin,
denn die Kunst des Äskulappes
ist für mich nur alter Kappes.
Was schert mich Magen, schert mich
Darm,
wird's mir ums Herz so wonnewarm?
Du bist's, nach der mein Sinnen
eifert,
du, nach der mein Busen geifert,
Geliebte du – Carola Seyffert!"

Mit einem tiefen Seufzer läßt die junge Ärztin das Blatt sinken. Diese Kraft, dieses Feuer – das konnte nur einer geschrieben haben: der Professor. Und doch mag sie's nicht glauben: Gewiß, auch sie verehrt ihn schon lange, wie denn wohl jeder der Faszination dieses Mannes erliegen mußte; aber es war doch immer nur eine heimliche Schwärmerei gewesen, gleichsam aus der Ferne, denn zunächst und vor allem war er für sie doch eins: der Chef. Und jetzt? Der weltberühmte Professor – ihr Liebhaber? Dabei könnte er ihr Vater sein!

„Tuuut! Tuuut! Tuuut!" Erschrocken fährt Dr. Carola aus ihren Träumen: Das Alphorn ruft zur Operation. Rasch das Brieflein versteckt, schnell das Dirndl gegen den schneeweißen Kittel vertauscht, und schon kann's losgehen. Im blitzblanken Operationssaal sind alle auf ihrem Posten: Genoveva, die resolute Oberschwester, rollt den Patienten herein; Elke, die fesche Röntgenassistentin, schmeckt den Kontrastbrei ab; Gaby, die kesse Laborantin, überprüft die Hämoglobulin-Reaktion, und Dr. Orango, der sympathische schwarze Assistenzarzt, wetzt noch einmal die Skalpelle. Dann öffnet sich schwungvoll die handgeschnitzte Pendeltür. „Na, was haben wir denn heute Schönes?“ fragt der Professor gutgelaunt, und fröhlich schlägt Oberschwester Genoveva das Leintuch zurück: „Nieren, Chef!“

Schnell und geschickt zieht die junge Anästhesistin ihre Spritze auf, behutsam setzt sie die Nadel an. Jetzt nur nichts falsch machen! Aber immer wieder wandern ihre Augen hinüber zu dem markanten Kopf mit den buschigen Brauen unterm schlohweißen Haar. Sie hört nichts außer seiner leisen, aber festen Stimme, und sie spürt nicht die glutvollen Blicke, die Dr. Orango ihr zuwirft. Sie denkt nur an eins: Heute noch wird sie dem geliebten Chef ein Antwortbillet in den Kittel stecken, ja, heute noch.

„Schwester Genoveva, bitte machen Sie die Tür zu!“ Im gediegenen Dienstzimmer des Professors, dem sogenannten Bauernstübchen, herrscht atemlose Stille. Nervös kaut Dr. Carola Seyffert an ihren makellosen Fingernägeln, während Dr. Orango sie mit seinen pechschwarzen Augen förmlich zu verzehren scheint.

Der Chef räuspert sich. „Ich habe Sie als meine engsten Vertrauten hierher gebeten, weil ich Ihren Rat brauche. Mir ist da eine dumme Sache passiert. Kurz und gut – gestern abend fand ich in meinem Chefkittel dieses Briefchen hier: ‚Herr Professor, ich liebe Sie. Ihre C.'"

Bis in die Schläfen fühlt die junge Narkoseärztin das Blut pochen, während der sympathische Assistenzarzt unmerklich die schwarzen Fäuste ballt. Noch einmal räuspert sich der weltberühmte Professor: „Ich nehme an, dieses Billet-doux kommt von Schwester Christel – Sie wissen, das junge Ding auf der Inneren. Was soll ich da bloß machen? Immerhin könnte ich ihr Vater sein! Das heißt – nein, meine Tochter ist wohl doch ein bißchen älter … "

Drei Augenpaare blicken schweigend zu Boden. Ein Herz droht fast zu zerspringen. Und es ist die resolute Oberschwester, die als erste die Sprache wiederfindet: „Herr Professor, Sie haben eine Tochter?" Der Chef räuspert sich zum drittenmal: „Ich habe sie noch nie gesehen. Es muß 44 gewesen sein, in Stralsund. Ich war ein junger Bursch, ein schmucker Marineoffizier, – sie war ein hübsches Ding – Gott, da ist es halt so gekommen … Sie hat mir nur noch einmal geschrieben. Daß es ein Mädchen geworden sei. Ein blondes Mädchen.“ Jetzt blicken auch die wasserhellen Augen des weltberühmten Professors schweigend zu Boden. Stille, minutenlang, eine Ewigkeit. Dann, wie aus unendlicher Ferne, die tonlose Stimme von Dr. Carola Seyffert: „In Stralsund, sagten Sie?“

„In Stralsund.“

„Und das hübsche Ding – hieß sie vielleicht Annemarie?“ „Wer hat Ihnen das gesagt?“ Jäh ist der Chef aus seinem behäbigen Chefsessel aufgesprungen, wie von Sinnen packt er seine Anästhesistin an den Schultern und rüttelt sie und schüttelt sie: „Wer hat Ihnen das gesagt?“

Sie aber lehnt ihren lockigen Blondschopfan seine jugendliche Nappalederjacke, wischt eine kleine Träne aus dem Auge und flüstert: „Dann habe ich einen Geliebten verloren – und einen Vater gefunden!“

Wie lange sich die beiden in den Armen gelegen haben – wer will es ermessen? Die Sonne vergoldet schon die Spitzen des Eisgebirges, im Tal läutet man den Angelus, das Schaf blökt, die Käserei macht Käse – aber für die beiden scheint die Zeit stillzustehn. Dann mit einem Mal richtet sich der Professor auf: „Schwester Genovea, Sie werden doch jetzt nicht schlecht von mir denken?“

„Ich?“ antwortet die resolute Oberschwester mit seltsam hohler Stimme. „Nie und nimmer! Ich weiß, was Schicksal ist, ja, auch ich. Denn auch ich war einmal ein hübsches junges Ding, ja, auch

ich. Und er – er war ein Bild von einem Mann, ein amerikanischer Soldat, ein Schwarzer, ein ... "
In diesem Augenblick gellt ein Schrei durch die glückstrunkene Stille des heimeligen Bauernstübchens. Mit einem gewaltigen Satz stürzt sich Dr. Orango in hemmungsloser Erregung auf Schwester Genoveva, wirft sich vor ihr auf die Knie, umfaßt mit beiden Händen ihre steifgestärkte Rot-Kreuz-Schürze und stammelt nur ein einziges Wort: „Mutter!"

# 5.

*Was bis jetzt geschah:*

*Haus Himmelstür, die Klinik der Superlative, ist abgebrannt, davongeschwommen, auf einen Eisberg geprallt und untergegangen. Aber der weltberühmte Professor gibt nicht auf: Vom Schicksal gebeutelt, aber nicht bezwungen, läßt er Haus Himmelstür neu erstehen – hoch droben auf dem Großen St. Bernhard, wo weder Wassersnot noch Feuersbrunst ihm etwas anhaben können. Dort, inmitten von Enzian und Edelweiß, entbrennt im Herzen von Dr. Orango, dem sympathischen jungen Assistenzarzt aus der Dritten Welt, die Liebe zu Dr. Carola Seyffert, der erfahrenen Narkoseärztin. Noch bevor die Liebenden zueinander finden, ist es Carola vergönnt, zu erfahren, daß der weltberühmte Professor nicht nur ihr Chef ist, sondern auch ihr Vater.*

*Wie wird es weitergehen?*

Kling, Glöckchen, kliiigelingeling!

Mit ruhig-festem Schritt ziehen zwölftreue Bernhardiner einen mondbeglänzten Zauberschlitten über den jungfräulichen Firn des Alalin-Gletschers. „Kling, Glöckchen, klingelingeling". Eiszapfen gleich lugen zwei Nasen aus den kuscheligen Kamelhaardecken: Eine weiße Nase und eine schwarze Nase. Mit lässiger Hand hält Dr. Orango den krachledernen Zügel, während Dr. Carola Seyffert helljauchzend die zierliche Nilpferdpeitsche durch die kristallklare Nacht sausen läßt. Heute, ja heute hat der sympathische junge Assistenzarzt aus der Dritten Welt es zum erstenmal gewagt, die attraktive Tochter des weltberühmten Professors zu einem netten kleinen Gletscherbummel einzuladen. Und sie hat ja gesagt.

Ritterlich gleitet sein bärenstarker Arm unter ihre flauschige Rheumadecke: „Siehst du den Mond dort über dem Alalin?" – ‚Ja, Geliebter, ich sehe ihn!" – „Und siehst du die Klinik dort im Schnee?" – ‚Ja, Geliebter, und ob ich die seh!" Dann Schweigen, jenes Schweigen, das recht eigentlich die Sprache der Liebe ist. Nur das silberhelle Knirschen der Kufen im makellosen Pulverschnee – und aus den charakteristischen Branntweintönnchen, wie sie die stolzen Bernhardiner wohl seit Menschengedenken am zottigen Halse zu tragen pflegen, ein zwölffach-trauliches Gluckgluckgluck. So sehr sind die beiden Liebenden ineinander versunken, daß sie nicht merken, wie die treuen Rauhpelze sich immer mächtiger ins Geschirr legen; daß sie nicht hören, wie das Gluckgluckgluck immer schneller wird; daß sie die lautlosen Schatten nicht sehen, die dräuend die ahnungslose Kutsche umhecheln. Von Seligkeit berauscht haucht die erfahrene Narkoseärztin: „Orango, oh Orango, ich hab Dich zum Fressen gern!"

„Aiii! Aiii!" Ein schauriger Schmerzensschrei zerfetzt die frostklare Stille, und von allen Schründen und Flühen hallt schaurig das Echo zurück: „Aiii! Aiii! Aiii!" Schmerzverkrümmt greift Dr. Orango durch die blutgetränkte Rheumadecke nach seinem zerfleischten Abdomen; gelähmt vor Entsetzen blickt er in geifernde Schlünde, in mörderisch gefletschte Lefzen und in haßgelbe Augen. „Carola, die Wölfe! Die Wölfe sind da! Die Wölfe aus dem bayerischen Nationalpark!" Dann entgleiten ihm die Zügel, und er sinkt in jene barmherzige Nacht, die da heißt Bewußtlosigkeit.

„Hussa! Hussa!" Ist es die Verzweiflung der liebenden Frau, die ihr Teuerstes in Gefahr weiß? Ist es die Leidenschaft der jungen Ärztin, die weiß, daß sie den Eid des Hippokrates geschworen hat? Wie dem auch sei:

„Hussa! Hussa!" Mit der Rechten geharnischt die Zügel packend, mit der Linken den stählernen Gletscherpickel in so manchen Wolfsrachen stopfend, schlittert sie dahin -gletscherauf, gletscherab, dreimal um die große Moräne herum, hopplahopp über eine Gletscherspalte und hastdu- nichtgesehen mitten durch eine mannshohe Schneewächte. Und hintendrein, ahuu, ahuu, im Blutrausch das rünstige Rudel.

„Für ärztliche Bemühungen-Spezifikation siehe umseitig – erlaube ich mir zu liquidieren DM zwofuffzig. Mit vorzüglicher Hochachtung: der weltberühmte Professor." Beim flackernden Schein einer Unschlittkerze beugt sich der weltberühmte Professor über einen Stoß längst überfälliger Rechnungen. Doch seltsam: In dieser Nacht mag ihm die liebgewordene Arbeit gar nicht recht von der Hand gehen. Wieder und wieder reißt er das Fenster auf und lauscht hinaus ins ewige Schweigen der Berge: „Wo die Kinder nur bleiben mögen?" Da horch: Durch des St. Bernhards furchtbares Gebirge, wo nur der heisre Lämmergeier krächzt, trägt hundertfach das Echo es zur Klinik nieder: „Aiii! Aiii! Ahuu! Ahuu!" Jeder andere hätte es für ein Phantom der Nacht gehalten – der Chef allein erkennt sofort die Lage. Wie ein geölter Blitz saust er die Treppe hinunter, zum Tor hinaus. Schon steht er an der großen Kurbel, schon senkt er hastig die Zugbrücke, schon kommt die wilde verwegene Jagd mit kreischenden Kufen durchs Tor geschlingert, schon kurbelt der Professor die Zugbrücke wieder hoch. Draußen vor dem Klinikgraben heult in ohnmächtiger Wut die bestialische Meute. Kein Wolf kommt rein, kein Mensch kommt raus – der Ring der Belagerer hat sich geschlossen.

Montag. Dienstag. Mittwoch. Donnerstag. Freitag. Samstag. Sonntag. Längst sind alle Rechnungen geschrieben, längst kann Dr. Orango wieder sitzen. Aber noch immer heult vor dem Klinikgraben – Ahuu! Ahuu! – die blutrünstige Rotte.

Droben im festlich erleuchteten Operationssaal hat der weltberühmte Professor sein treues Team versammelt. „Vater", schreit Dr. Carola Seyffert mit angstverschnürter Stimme, „Vater, ich will die Wahrheit wissen!"

„Die Wahrheit ist", erwidert der Chef mit leiser, aber fester Stimme, „daß wir nichts mehr im Haus haben als einen Laib Grahambrot, 400 Gramm Emmentaler, 400 Gramm Gruyere, eine Knoblauchzehe, 4 Dezi Fendant, 4 Kaffeelöffel Zitronensaft, einen gehäuften Kaffeelöffel Maizena, ein Glas Kirschwasser, eine Prise Pfeffer und eine halbe Muskatnuß. Mit anderen Worten: es reicht gerade noch für ein letztes Käsefondue."

Schmatz, schmatz, schmatz. Rund um das irdene Käsecaquelon auf dem großen Operationstisch sitzen sechs wachsbleiche Figuren in Weiß: Elke, Gaby, Genoveva, Carola, Orango und er selbst. Ein Schlücklein Wasser, ein Stücklein Brot, das war seit Tagen ihre Ration. Und doch mag keiner so recht zulangen. Denn jeder von den sechsen weiß: was hier gespielt wird, ist eidgenössisch Roulette. Wer als erster sein Stücklein Brot im zäh brodelnden Schweizer Käse verliert, der muß dran glauben. Der wird vorn raus den Wölfen zum Fraß vorgeworfen, damit die andern hinten raus abhauen können.

Tödliche Stille. Sechs Augenpaare blicken in die Pfanne. Der Brocken ist gefallen. Das Schicksal hat härter zugeschlagen, als es sich die bekloppteste Phantasie ausmalen kann: Die Gabel des Professors ist leer!

Es gibt Menschen, deren ganze Größe sich erst im Untergange offenbart. Und es ist dies eine Größe, die der großen Worte nicht bedarf. Oder, wie der weltberühmte Dichter Werner Bergengruen es einmal gesungen hat: „Siehe, das Leben, das edel, bedarf, sich zu bezeugen, der Bewegungen nicht."

„Also dann", sagt der Professor in mannhafter Rührung, „also dann." Ein letztes Mal streichelt er zärtlich den uralten Operationstisch; dann greift die heilkundige Hand zum kunstvoll geschnitzten Stab des Äskulap, der rußgeschwärzt im Kamin hängt. „Als Arzt bin ich geboren, als Arzt will ich sterben. Also dann." Und wie er jetzt, den Stab des Äskulap wie ein Feldzeichen vor sich hertragend, entschlossen zum Fenster hinausschreitet, da ist es, als ob mit ihm die ganze deutsche Me-

dizin den Wölfen zum Fraß vorgeworfen würde: „Also dann."
Trauernd neigt der Enzian das schneeige Weiß seiner Blüte. Schweigend senkt auf steiler Zinne der Steinbock sein stolzes Gehörn. Das Eisgebirge hält den Atem an. Und dann, vom ersten Sonnenstrahl verklärt, ein Schauspiel, das die hehre Firnenwelt hell aufjauchzen läßt:
Erstorben das Geheul der höllischen Wolfsbrut, bezwungen die wilde Mordgier der schwarzen Bestien. Dem frommen Lamme gleich hat Wolf für Wolf die Pfoten auf der Brust gekreuzt, und Wolf für Wolf erhebt die Augen voller Demut zum rußgeschwärzten Stab des Äskulap. So huldigt selbst die schwarze Teufelsbrut dem Mann in Weiß, dem weltberühmten deutschen Professor.

# 6.

*Was bis jetzt geschah:*

*Haus Himmelstür, die Klinik der Superlative, hat nach wechselvollen Katastrophen hoch droben auf dem Großen St. Bernhard eine neue Heimat gefunden. Während Dr. Orango, der sympathische junge Assistenzarzt aus der Dritten Welt, mit Dr. Carola Seyffert, der attraktiven Tochter des weltberühmten deutschen Professors, einen mondbeglänzten Gletscherbummel unternimmt, überfällt ein Wolfsrudel aus dem bayerischen Nationalpark zuerst das verliebte Paar und dann die ganze weltberühmte Klinik. Doch vor dem selbstlosen Heldenmut des weltberühmten Professors kuscht selbst die entfesselte Kreatur.*

*Wie wird es weitergehen?*

Hochachtungsvoll neigt der Enzian das schneeige Weiß seiner Blüte. Staunend reckt auf steiler Zinne der Steinbock sein stolzes Gehörn. Das Eisgebirge hält den Atem an: Der munteren Libelle gleich schwirrt aus dem strahlenden Azur der hehren Alpenwelt ein anmutiger Helikopter hernieder und setzt behutsam die silbernen Kufen aufs ewige Packeis des Alalinglet-schers. Arne Wexelström, der weltberühmte Präsident der Weltgesundheitsorganisation WHO, ist gelandet. Unter dem Arm ein makelloses Linnen, springt er federnd aus dem stählernen Vogel hinab auf den roten Teppich. Seine weitgereiste Hand ergreift die heilkundige Rechte des großen alten Mannes der deutschen Medizin und schüttelt sie mehrfach:

„World famous Professor–"

sagt er mit leiser, aber fester Stimme, und sogleich übernimmt Dr. Orango mit brillanter Selbstverständlichkeit die verantwortungsvolle Aufgabe des Simultan-Dolmetschers:

Weltberühmter Herr Professor-

„On behalf ofthe whole staff of the World Health Organisation"

Im Namen und Auftrag des gesamten Stabes der Weltgesundheitsorganisation

„I have the honour"

habe ich die Ehre

„to bestow upon Thee the first award in the world wide competition ‚The Clean Clinic'"–

Ihnen den ersten Preis der weltweiten ‚Aktion Sauberes Krankenhaus' zu überreichen

„the immaculate towel" das Unbefleckte Handtuch.

Brausender Beifall erhebt sich, wie der Chef nun Hand in Hand mit Arne Wexelström auf dem purpurnen Band des roten Teppichs vom Alalingletscher zur Klinik absteigt. Links und rechts, blaugefroren, aber glücklich, winken in endlosem Spalier begeisterte Patienten mit ihren Krücken und Gipsverbänden.

„After you!" Mit deutscher Grandezza führt der Chef den hohen Würdenträger in sein Allerheiligstes: in den Operationssaal.

„Hier", sagt er mit verhaltenem Stolz, „hier im Kamin, neben dem Stab des Äskulap, hier soll das Unbefleckte Handtuch hängen!"

In diesem Augenblick, in dem die Fernsehkameras aufflammen, geschieht das Unfaßliche: Arne Wexelström wankt, Arne Wexelström rutscht, Arne Wexelström stürzt. Verstört blicken die Kameras der ganzen Welt zu Boden: In Großformat krümmt sich auf Millionen Bildschirmen ein fetter zertretener Regenwurm.

Peinliches Entsetzen. Nur einer beherrscht die Lage: „Dr. Orango", sagt der Chef, „tragen Sie Exzellenz vorsichtig in die Dunkelkammer. Exzellenz müssen sofort geröntgt werden!"

Minuten später zieht Gaby, die fesche Röntgen-Assistentin, die Röntgen-Platte aus dem Röntgen-Apparat. Mit einem spitzen Schrei läßt sie das Bild fallen. Und die Kameras der ganzen Welt blicken erneut zu Boden: In Großformat erscheint auf Millionen Bildschirmen ein unglaublich säuisches Pornofoto.

Mit einem Blick voll tödlicher Verachtung entreißt Arne Wexelström dem Professor das Unbefleckte Handtuch. Und während der Chef mit seinem treuen Operationsteam noch fassungslos auf das unglaublich säuische Pornofoto starrt, dröhnt bereits vom Alalingletscher der wütende Lärm des davonjagenden Helikopters.

Schon hat sich die barmherzige Nacht über den Großen Sankt Bernhard gesenkt, die traurigste Nacht, die Haus Himmelstür jemals erlebt hat. Hoch droben im trübselig verdunkelten Operationssaal seziert der weltberühmte Professor Scheibchen für Scheibchen den verhängnisvollen Regenwurm. Der Befund beseitigt den letzten Zweifel: es ist Sabotage.

Da horch! Hohoho! Huhuhu! Wie aus Grabestiefe hallt ein höhnisches Geheul durch Kamin und Korridor, durch Kreißsaal und Krankenzimmer: Hahaha! Hihihi!

Wie verschreckte Kaninchen aus ihrem Bau stürzen die Patienten aus den Schlafsälen. Der Anblick läßt ihnen das Blut in den Adern gerinnen. Den Stab des Äskulap wie eine Mordwaffe schwingend, rast eine weiße vermummte Gestalt im Veitstanz heulend durch das Sanatorium. Oben auf der Balustrade hält der schaurige Schemen inne, beugt sich übers Geländer und krächzt:

„Sauerbruch und Semmelweis
Füße kalt und Stirne heiß
Semmelweis und Sauerbruch
Auf der Klinik liegt ein Fluch."

„Ein Gespenst! Ein Gespenst!" kreischt Oberschwester Genoveva und flitzt zum Notausgang. Und hinter ihr her flitzen sie alle: Gaby, die fesche Röntgen-Assistentin, Elke, die kesse Laborantin, Dr. Carola Seyffert, Dr. Orango, und wie sie alle heißen. Und hintendrein, rette sich wer kann, flitzen die Patienten.

Nur einer flitzt nicht. Todesmutig harrt der Chef im Operationssaal aus – komme, was kommen mag.

Und es kommt. Es stürzt sich auf ihn. Es reißt ihn zu Boden. Es rollt ihn unbarmherzig ein in den roten Teppich. Es stellt ihn eingerollt an die Wand. „Dies ist die Stunde der Abrechnung. Dies ist die Stunde der Rache!" gröhlt es und reißt sich die Maske vom Gesicht. „Ja, ich bin es. Ich, dein verkommener Bruder Siegfried. Auch ich wollte Arzt werden, ja auch ich. Und du hast es gewußt. Aber du warst immer der Bessere, der Schnelle-

re, der Erfolgreichere. Schon als Kind hast du immer die Glasmurmeln gehabt – und ich die Steine. Heute bist du der weltberühmte Professor – und ich schreibe im Akkord blödsinnige Arztromane. Aber damit ist jetzt Schluß. Ab heute bin ich hier der Chef. Und du – fahre zur Hölle!" Weit holt der Unhold aus mit dem schweren gußeisernen Stab des Äskulap. Der Professor schließt beide Augen. Das ist das Ende.
Aber nein! Da! Was ist das! Im Augenblick, wo er zum Sprung ansetzt, rutscht der Verbrecher aus auf dem schlüpfrigen Pornofoto. Er fällt gegen den Gummibaum. Der Gummibaum fällt gegen die Höhensonne. Die Höhensonne gegen den Fleischwolf. Der Fleischwolf gegen das Harmonium. Das Harmonium gegen den Mülleimer. Der Mülleimer gegen den eingerollten Professor. Der Professor gegen die Marmorbüste von Semmelweis. Semmelweis gegen Sauerbruch. Sauerbruch, der gußeiserne Koloß, erbebt, neigt sich unendlich langsam vornüber und stürzt. Von Sauerbruch zermalmt, haucht Siegfried, der erbärmliche Lump, sein verpfuschtes Leben aus. In seiner Teppichrolle aber macht der Professor vorsichtig beide Augen auf und spricht mit leiser, aber fester Stimme:

„Semmelweis und Sauerbruch –
auf Siegfrieds Leben lag ein Fluch!"

# 7.

*Was bis jetzt geschah:*

*Haus Himmelstür, die Klinik der Superlative, hat nach wechselvollen Katastrophen auf dem Großen St. Bernhard eine neue Heimat gefunden. Dort oben erlebt der weltberühmte Professor den Höhepunkt seines Ruhmes: Die „Aktion Sauberes Krankenhaus" der World Health Organization zeichnet ihn aus mit dem Unbefleckten Handtuch. Doch der verkommene Bruder des weltberühmten Professors, Siegfried, seines Zeichens Verfasser blödsinniger Arztromane, sabotiert und ruiniert den guten Ruf der Klinik durch Würmer, Pornofotos und Gespenster. In heller Panik fliehen die verstörten Patienten in die umliegenden Berge.*

*Wird es überhaupt noch weitergehen?*

Durch diese hohle Gasse muß er kommen! Hoch oben an der Baumgrenze, dort wo die uralte Paßstraße zum Aostatal sich durch urzeitliche Geröllfelder hindurchwindet, kauert hinter der letzten buschigen Krüppelkiefer, das Angesicht mit einem Damenstrumpf vermummt, ein finsterer Gesell – zum Sprung bereit und gierig nach der Beute. Ein ahnungsloser Wanderer hält in der glühenden Mittagssonne am Wegrand inne, wischt sich den perlenden Schweiß von der Piz-Buingebräunten Stirn, beißt herzhaft in ein Stück uralten Schweizer Käse und läßt den Blick hinausschweifen über die unendliche Einsamkeit der Wälder, wo keine Axt und keine Säge je erklang: Hier gelten allein die ewigen Gesetze der Natur. Rumms – da saust der Knüppel nieder, schwuppdiwupp verschwindet der echte Schweizer Käse in einem großen Kartoffelsack. Was kümmert den Unhold das hilflos ausgeplünderte Opfer sowie der komplizierte Oberschenkelhalsbruch desselben – schon kauert er wieder hinter seiner Krüppelkiefer, kauert und lauert.

Da! In der sinkenden Abendsonne hält ein müder Wanderer auf dem uralten Saumpfad von Helvetien in die Lombardei inne, schaut besorgt aufseine echte Schweizer Uhr und läßt den Blick ergriffen hinausschweifen auf das purpurne Alpenglühn über dem Monterosa.

Rumms – da saust der Knüppel nieder, schwuppdiwupp verschwindet die echte Schweizer Uhr im großen Kartoffelsack. Was kümmert den Unhold der müde Wanderer sowie der komplizierte Schädelbasisbruch desselben – schon kauert er wieder hinter seiner buschigen Krüppel- kiefer, kauert und lauert.

Da! In der sternklaren Nacht hält ein verirrter Wanderer zwischen Wacholder und Rauschbeere erschöpft inne.

Rumms – da saust der Knüppel nieder, schwuppdiwupp verschwindet der echte Schweizer Paß des unglücklichen Bergfreundes im großen Kartoffelsack. Ungesehen eilt der Strolch davon über Gipfel, Schründe und Moränen. Zurück bleibt nur am Wegesrand ein Damenstrumpf- und drei hilflos röchelnde Opfer. Werden sie das Morgenrot noch erleben?

Da! Ein feuerroter Rettungsschlitten kommt übers ewige Packeis des Theodul-Gletschers gesaust. Als hätten sie selbst den Eid des Hippokrates geschworen, legen sich zwölftreue Bernhardiner ins Zaumzeug. Sie wissen: es gilt Menschenleben zu retten! Brrr -jäh bremst die Rotte der zottigen Rauhpelze, und ein langgezogener Klagelaut entringt sich der Kehle des wackeren Leitrüden. Mit einem Blick erkennt der weltberühmte Professor die Lage: Der Unhold, der seit Wochen die Weltpresse in Atem hält, die Bestie vom Großen St. Bernhard, hat wieder zugeschlagen.

„Wieviele sind es heute?“ fragt Oberschwester Genoveva mit einem unmerklichen Stirnrunzeln. „Heute nur drei!“

„Wie gut sich das fügt – wir haben nämlich nur noch drei Betten frei, und der Gips ist auch schon fast alle!“ Sinnend streicht sich die resolute Oberschwester über das makellose Häubchen. „Herr Professor, wenn ich daran denke, wie das hier vor vier Wochen aussah – wie damals nach dem Skandal mit dem Regenwurm, dem Pornofoto und dem Gespenst alle Patienten einfach auf Nimmerwiedersehen abgehauen sind; wie drunten im Tal die Kioske überquollen von unappetitlichen Machwerken; wie eine gewisse Hamburger Illustrierte mit einer Serie herauskam ‚Verdammte Klinik‘; wie ein gewisses Kölner Fernsehmagazin uns ungestraft als Pornosanatorium beschimpfen durfte; wie die Krankenkassen uns die Zuschüsse für Patienten strichen, die wir gar nicht mehr hatten; wie die Immobilienmakler den Lämmergeiern gleich um unsere Anstalt krächzten; wie wir buchstäblich vor dem Ruin standen – wenn ich das alles bedenke, Chef, dann können wir eigentlich der Bestie vom Großen St. Bernhard nur dankbar sein.“

„Härr Oberschtkorpskommandant, d'Situation isch ernscht. Sehr ernscht. Sie isch noch nie so ernscht gsi!“

Rund um den brodelnden Käsetrog in der uralten Käserei, einen Steinwurf nur von der weltberühmten Klinik entfernt, hat sich der Krisenstab der schweizerischen Armee versammelt. Zwischen Milchkannen und Kuhglocken hängt das Meßtischblatt vom Massiv des Großen St. Bernhard, über und über bedeckt mit roten Stecknadeln. Und jede rote Stecknadel klagt an: Hier, ja, auch hier hat die Bestie zugeschlagen! Und wieder steckt der Oberstkorpskommandant eine blutrote Nadel ins Großglunderer Pschartenjoch: „Wann es nüd bald glingt, d'Beschtie z'fange, dann isch's internationale Renommee vo dr Schwyz kabutt. Es war scho lang kabutt, wämir da wunderbar Profässer us Dütschland nüd hättet!"

In stummer Verzweiflung starrt der Krisenstab auf die Landkarte des Verbrechens. Dann fährt der Zeigefinger des Generalstabschefs wortlos jener langgezogenen Linie entlang, hinter der ein Wort steht, das für den erfahrenen Kriminalisten alles besagt: „Italia!" Und einer nach dem anderen nickt stumm. Mit leiser, aber fester Stimme spricht der Oberstkorpskommandant aus, was alle denken:

„Tagesbefähl: Generalmobilmachig vo dr schwyzerische Armee. D'Gränze nach Italie wird hermetisch gschlosse!" Drüben in der weltberühmten Unfallklinik, einen Steinwurf nur von der uralten Käserei entfernt, geht es derweil zu wie in einem aufgestörten Ameisenhaufen. Eine Stunde noch – dann ist es soweit. Dann wird der Sonderbeauftragte des Internationalen Roten Kreuzes, Baron Jean Baptiste Marie Roger de Coquereaumont, dem genialen deutschen Professor, dem Chef des besten Unfallkrankenhauses aller Zeiten, das Goldene Gipsbein überreichen – jenes Goldene Gipsbein, welches das Internationale Rote Kreuz, vertreten durch seinen Sonderbeauftragten Baron Jean Baptiste Marie Roger de Coquereaumont, alljährlich der besten Unfallklinik aller Zeiten zu überreichen pflegt. Frisch gebohnert sind die spiegelglatten Treppen, frisch gestärkt die Häubchen, frisch operiert die Patienten. Ein letztes Mal macht der Chef selbst wachsamen Auges die Runde, Sind auch die Mülltonnen frisch geleert? Deckel für Deckel klappt er auf, Deckel für Deckel klappt er zu.

Da – was ist das? Aus der zwölften Mülltonne quillt dem Professor etwas gänzlich Unaussprechliches entgegen: ein hochelastisches Fischbeinkorsett Größe 130. Mit spitzen Fingern hebt der Gelehrte das Unaussprechliche hoch – und läßt es im selben Augenblick wieder fallen. Unter dem Korsett versteckt türmen sich Berge von Schweizer Uhren, Berge von Schweizer Pässen, Berge von verschimmeltem Schweizer Käse.

„Oberschwester Genoveva, Sie haben mir etwas zu sagen!“

Schweigend blickt die sonst so resolute Person zu Boden.

„Oberschwester Genoveva, Sie brauchen mir nichts zu sagen!"

... „Oberschwester Genoveva, sagen Sie mir nur eins: Warum haben Sie das getan?"

Tränenüberströmt wirft sich die treue Seele an des Professors Brust. „Für Sie habe ich es getan", schluchzt sie ein übers andere Mal, „für Sie allein. Wir brauchten doch Patienten. Haus Himmelstür durfte nicht untergehn!"

„Oberschwester Genoveva, gehen Sie jetzt auf Ihr Zimmer. Ich weiß, was mir zu tun bleibt. Ein Chef läßt die Seinen nicht im Stich."

Droben im festlich erleuchteten Operationssaal läßt der Dirigent des großen Patientenorchesters den Taktstock fallen. Baron Jean Baptiste Marie Roger de Coquereaumont läßt polternd das Goldene Gipsbein fallen. Und es ist, als ob man selbst die blutroten Stecknadeln aus der Patronentasche des Oberstkorpskommandanten fallen hörte. In seinem weißen Chefarztkittel ist der weltberühmte Professor aufs Podium getreten, einen riesigen Kartoffelsack voll Schweizer Uhren, Schweizer Pässen und Schweizer Käse hat er mitten auf den Operationstisch geschüttet: „Meine Herren, ich will ein volles Geständnis ablegen. Die Bestie vom Großen St. Bernhard bin ich."

Atemlose Stille. Dann erhebt sich der Oberstkorpskommandant, nimmt ergriffen sein Käppi ab und sagt mit leiser, bebender Stimme. „Wältberüemte Harr Profässer, Sie simpferhaftet!“

# 8.

*Was bis jetzt geschah:*

*Haus Himmelstür, die Klinik der Superlative, hat nach wechselvollen Katastrophen auf dem Gipfel des Großen St. Bernhard eine neue Heimat gefunden. Da vertreibt ein Gespenst in einer einzigen Nacht sämtliche Patienten. Aber dank eines geheimnisvollen Wegelagerers, der allüberall harmlose Bergwanderer zu Krüppeln schlägt, erlebt Haus Himmelstür einen ungeahnten Aufschwung als Unfallklinik. Gerade als das Internationale Rote Kreuz ihm das Goldene Gipsbein überreichen will, entdeckt der weltberühmte Professor, daß der Unhold der Berge niemand anderer war als Oberschwester Geno- veva. Doch ein Chef läßt die Seinen nicht im Stich. Vor der ganzen Weltöffentlichkeit bekennt er sich selbst schuldig und wandert als „Bestie vom Großen St. Bernhard“ in den Knast.*

*Wie wird es weitergehen?*

Panzerschrank-Ede klebt Tüten.
Scheck-Otto klebt Tüten.
Juwelen-Jupp klebt Tüten.
Puff-Paule klebt Tüten.
Handtaschen-Heinrich klebt Tüten.
Kleinkaliber-Konrad klebt Tüten.
Witwen-Willy klebt Tüten.
Revolver-Rudi klebt Tüten.
Tüten-Theo klebt Tüten.
Alle kleben Tüten.

Nur einer klebt keine Tüten. Sein tadelloses Vorleben, sein ehrwürdiges Alter, nicht zuletzt aber sein hoher akademischer Titel haben dem weltberühmten Professor zu jenem etwas speziellen Status verholfen, den außer ihm nur anarchistische Gewalttäter genießen. Gleich dem Denker von Rodin, den gewaltigen Kopf in die heilkundige Rechte gestützt, sitzt er im Prominentenflügel der heimeligen Vollzugsanstalt. Und liest.

Ja, er liest. Nach vierzig Jahren rastlosen Operierens liest er zum erstenmal wieder ein medizinisches Fachbuch:

„Du und Dein Körper – ein Ratgeber in gesunden und kranken Tagen. Von Sanitätsrat a. D. Julius Neumann. Königsberg ohne Jahr.“

Erstaunt zieht der weltberühmte Chirurg die buschigen Augenbrauen hoch: „Das hätte ich nicht gedacht, daß ein deutscher Arzt noch etwas dazulernen kann. Wie die Wissenschaft doch fortgeschritten ist seit meinen goldenen Heidelberger Studentenjahren!“ Und von der Erinnerung verklärt, schwebt sein Blick langsam empor zur goldenen Abendsonne, die verstohlen durchs vergitterte Zellenfensterchen lacht.

Da! Was ist das? Scheinbar schwerelos pendelt vor dem Fenstergitter ein rotes Zettelchen hin und her, her und hin. Kein Zweifel: Die Links-Terroristen, die gleich ihm im Prominentenflügel einsitzen, pendeln sich schamlos vor seiner Nase einen Kassiber zu.

Doch der Professor weiß, was er als mündiger Staatsbürger zu tun hat. Auf Zehenspitzen schleicht er zum Fenster, hangelt sich hoch, klappt das alte Taschenskalpell aus dem Rußlandfeldzug auf und – ritschratsch – schon hält er den schmierigen roten Kassiber in Händen. Und liest:

„Die entfremdete Dialektik der konterrevolutionären Klassenjustiz muß von den oralen Flippern der autonomen Stadtguerilla im Zuge der Politisierung der faschistoiden Massen in Richtung auf eine spätkapitalistische Räterepublik analysiert werden, so daß die Basis die Produktionsverhältnisse im Sinne einer Struktur-Aktivierung der alternativen Bourgeoisie umfunktionieren kann.“

Ja, das liest er, der weltberühmte Professor, und er schüttelt seinen schlohweißen Arztkopf. „Diese linken Politkriminellen“, murmelt er weise,

„die müssen doch irgendwie krank sein. Krank im Kopf!"

Dann durchzuckt eine geniale Idee das gemale Gehirn des genialen Gehirnchirurgen.

Sekunden später sitzen sie sich gegenüber: der junge, dynamische, psychologisch geschulte Gefangnisdirektor im feschen Rollkragenpulli und er, der große alte Mann der deutschen Medizin, im schlichten, aber kleidsamen Streifendress.

„Krank, glauben Sie, einfach krank?" fragt der Direktor. „Ja, krank", antwortet der Professor mit leiser, aber fester Stimme, „krank, ganz schwer krank – aber heilbar! Nur noch ein kleines Tierexperiment, dann ist meine Therapie perfekt."

Brodel-brodel, blubber-blubber, dampf-dampf! Vor dem rußgeschwärzten Suppenkessel der vollautomatischen Anstaltsküche steht der Professor und rührt mit dem Stab des Äskulap in einem zähflüssigen kochenden Brei. Und rührt und rührt und rührt.

Seit sieben Stunden rührt er. Und seit sieben Stunden stehen sie mit angehaltenem Atem um ihn herum: Bodo, der flotte junge Gefängnisdirektor, Dr. Jens Oldenkott, der 82jährige, unterbezahlte und doch hochqualifizierte Gefängnisarzt, Monsignore Pieter Van Wegen, der sackgrobe und gerade darum so beliebte Anstaltspfarrer und er, ja auch er, ein gewisser Herr V., eine anonyme, aber hochgestellte Persönlichkeit aus einer etwas speziellen Bundesbehörde.

Es ist soweit. Mit unendlicher Vorsicht entnimmt der Gelehrte dem brodelnden Suppenkessel eine Probe und hält sie im Reagenzglas gegen das Licht. „Meine Herren! Sie werden es nicht glauben, diese trübe schwarzbraune Brühe ist nichts anderes als das von mir entdeckte extractum legale fundamentale concentratum – jene uralte Quintessenz des deutschen Wesens, die wir heute als freiheitlich-demokratische Grundordnung verehren!"

Ergriffen und fasziniert zugleich versucht Dr. Oldenkott durch die trübe Brühe zu blicken: „Herr Kollege, gestatten Sie eine Frage: Was steckt da eigentlich alles drin?" Und es antwortet der weltberühmte Professor mit einem abgründigen Lächeln: „Dies und das, Herr Kollege. Elf Eßlöffel Edda. Eine Prise Rilke. Ein Fuder Bismarck. Drei Teelöffel Adenauer. Ein Jahrgang FAZ. Eine Messerspitze SPIEGEL – warum nicht! –, fünf Eimer Hindenburg. Eine Spur Friedrich Ebert. Das ganze kleingeschnetzelt, aufgekocht und schön garniert mit reichlich Grundgesetz. Und jetzt folgen Sie mir bitte in den provisorischen Operationssaal!"

Sechs Ratten liegen reglos auf dem provisorischen Operationstisch, eingehüllt in jene tiefe Nacht, die da heißt Bewußtlosigkeit. Sechs schmutziggraue Ratten, wie sie im Tierreich wohl jene verhängnisvolle Rolle spielen, die in der menschlichen Gesellschaft den roten Ratten vorbehalten bleibt. Beherzt greift der Professor zum Skalpell.

Mit einem meisterhaften Schnitt durch das dorsale Hinterhirn legt der Chirurg die Großhirnschenkel der zerebralen Vierhügelplatte frei, unterbindet die Sylvische Wasserleitung – aquaeductus Sylvii – bis hin zum infundibulum, umgeht geschickt Hippocampus – das Ammonshorn-, vereist vorbeugend die lamina quadrigemina, leitet die Endolymphe um durch die Rautengrube zur Mündung des Basalganglions in den Ventriculus secundus, und vor den gebannten Blicken aller liegt es mit einem Mal frei: das corpus pineale, ja, die Zirbeldrüse.

Da muß die Spritze rein. Eine winzige Dosis genügt: ein Kubikmillimeter extractum fundamentale legale concentratum. Ebenso gekonnt wie genial sticht die Spritze des Professors zu. Und alle sperren Mund und Nase auf. „Ein Wunder!“ ruft Monsignore Van Wegen, „ein Wunder ist geschehen!“

Und tatsächlich! Wo eben noch die teuflische Spitznase der Ratte dräute, prangt jetzt ein herziges rundes Kuschel-köpfchen. Wo eben noch schmutziggraue Kanalzotteln borstelten, plüscht jetzt ein goldbraunes Sammetfell. Mit einem Wort: Wo eben noch die widerlichste aller Kreaturen, die Ratte, auf Recht und Ordnung pfiff,

piepst jetzt gar lieblich ein kleiner, schnuggeliger, putzigbrauner Goldhamster, am Schwanz ein rosarotes Schleifchen, im Kopf die freiheitlich-demokratische Grundordnung.
Wie lange die fünf Männer, glücklich wie kleine Jungs, ihrem Groldhamster zugesehen haben, wie er in seiner Hamsterrolle läuft und läuft und läuft? Wir wissen es nicht. Wir wissen nur, daß Stunden später, als der Professor wortlos und wie selbstverständlich seine Instrumente packt und in seine schmucklose Zelle zurück will, das wissen wir, daß vor seiner Zelle ein gewisser Herr V. ihm entschlossen den Weg versperrt. Und mit leiser, aber fester Stimme tront es: „Weltberühmter Herr Professor! Hier kommen Sie nicht wieder rein. Im Namen einer etwas speziellen Bundesbehörde gewähre ich Ihnen sofortige Haftverschonung.“ Und mit jenem Blick, der reicht eigentlich der Blick von Mann zu Mann ist, reicht er ihm den weißen Arztkittel zurück: „Es gibt viel zu tun. Packen Sie's an!“

# 9.

*Was bis jetzt geschah:*

*Haus Himmelstür, die Klinik der Superlative, ist abgebrannt, davongeschwommen, mit einem Eisberg zusammengestoßen und auf dem Gipfel des Großen St. Bernhard neu erstanden. Um das leerstehende Krankenhaus mit Unfallopfern zu füllen, schlägt Oberschwester Genoveva auf den makellosen Firnen der hehren Alpenwelt harmlose Bergwanderer zu Brei. Doch ein Chef läßt die Seinen nicht im Stich: Für seine Oberschwester wandert der weltberühmte Professor selbst in den Knast. Wegen besonderer Verdienste um die freiheitlich-demokratische Grundordnung wird der Nestor des deutschen Heilstandes aber sofort entlassen. Er verläßt die Klinik mit einem Pappkoffer und dem festen Willen zu neuen Pioniertaten im Dienst am Menschen.*

*Wie wird es weitergehen?*

Haus Himmelstür, wie hast du dir verändert!

Raffiniert streichelt der lüsterne Schein einer aufregenden Räucherkerze über die schwellenden Sammetkissen auf den lebenshungrigen Plüschpfühlen unter den exotisch zitternden Fingerpalmen in den betörenden Alabasternischen des feucht-glitzernden Operationssaals. Gierig atmet ein schlüpfrig hingekuschelter Ozelot auf seinem erwartungsvoll glucksenden Wasserbett den schwülparfümierten Brodem aus der verworfen dampfenden Diätküche.

Haus Himmelstür, wie hast du dir verändert!

Steif reckt sich ein unerbittliches Juchtenlederhäubchen über dem altvertrauten Knützchen der vollbusigen Oberschwester Genoveva. Rund um sie herum, zärtlich hingeschmiegt auf einen riesigen orientalischen Zotteldivan, den orchideenblassen Spezialdress straff um den unschuldigen Popo geknotet, das knackfrisch aus Bangkok eingeflogene neue Personal: Schwester Loulou, Schwester Zou-zou, Schwester Froufrou, Schwester Nanette, Schwester Suzette, Schwester Claudette, Schwester Auvinette, Schwester Cominebette, Schwester Detlev und wie sie alle heißen.

Haus Himmelstür, wie hast du dir verändert!

Ja wahrhaftig. Wo einstmals über dem triumphalen Vestibül auf edlem Marmor das altehrwürdige Wort „Klinik“ leuchtete, da funkelt jetzt in frechen Neonschlangen – Licht an, Licht aus, Licht an, Licht aus – ein Wort, bei dem die Feder ihren Dienst versagen will:

EROSPITAL – zu deutsch: Haus der Entspannung.

Und es sei nicht verschwiegen, daß Haus Himmelstür im vulgären Jargon der Gosse einen Spitznamen bekommen hat, bei dem die Zunge ihren Dienst versagt:

„Haus Pimmelstür".

Doch in all diesem Morast, in diesem Abgrund von Schlüpfrigkeit, in diesem Höllenpfuhl der Sinne, ist einer rein geblieben. Er allein. Der weltberühmte Professor. Denn allein dem Reinen konnte es gelingen, den Sumpf der Sünde heilsam umzuwandeln in ein Schlammbad menschlicher Erneuerung.

Was ist geschehn? Es ist geschehn, was überall und tausendfach geschieht, wenn Männer in die besten Jahre kommen, wenn Überdruß sie schüttelt an der Karriere und Überdruß am häuslichen Glück. Wenn jenseits des Erreichten in Beruf und Liebe der Horizont sich schließt, die Wege dunkel werden und jener nimmersatte Frust das Herz erfüllet, der da heißt: „Midlife Crisis" – Krise der Lebensmitte. Alle haben sie gekriegt, alle haben davon geredet, nur einer hat gehandelt: der große alte Mann der deutschen Medizin.

Tagebucheintrag des großen alten Mannes der deutschen Medizin: „Dante gelesen. Tief erschrocken über Ehenot der Lebensmitte. Männer lassen alte Frauen sitzen, nehmen junge Freundin. Wie sagt Äskulap? ‚In cauda venenum' – Gift heile mit Gift! Von Gier nach Sex wird frei nur der, der bis zur schalen Neige gekostet hat des Lasters Kelch. Ergo: Gründe sofort Erospital. Grundgedanke: Die beste Therapie der Krise heißt: Heute jene, morgen diese. Denn es vergeht dir alle Lust, sobald du unablässig mußt. Kurzum: Wer muß, und das drei Wochen, kommt gern zu Mutter heimgekrochen."

Soweit die Tagebuchnotiz des weltberühmten Professors. Gedacht, getan – und klopf, klopf, klopf: Schon pocht der erste Patient ans jungfräuliche Tor des Hauses der Entspannung. Ein Herr in den besten Jahren, die Haare fesch über den lichten Hinterkopf gekämmt, das Bäuchlein stramm in die modische Freizeithose geschnürt und mit einer letzten scheuen Geste Abschied nehmend von seiner tapferen Gattin und den drei allerliebsten Kindern.

Und klopf, klopf, klopf – ein zweiter Patient, und ging gang gong – ein dritter, und klingelingeling wohl hundertmal – voll ist das Erospital. Räucherkerzen glimmen, Augen glänzen, Wasserbetten glucksen, Peitschenhiebe knallen. Und alle, ja alle akustischen Signale, deren der Urwald menschlicher Leidenschaften fähig ist, vereinen sich zu

einer brünftigen Symphonie der Gier. Mit einem Wort:
Die Behandlung der Midlife Crisis ist in vollem Gange.
Da horch! Von des St. Bernhards furchtbarem Gebirge, wo nur der heisre Lämmergeier krächzt, erklingt auf einmal ein vierfach wüstes, völlig unerotisches Geschrei: I-a-, i-a, wauwau, wauwau, miau, miau und kikeriki! Entsetzt fährt Frank, der erfolgreiche Bauunternehmer, in die saloppen Gordjeans. In heller Panik schnappt Schwester Froufrou nach ihrem karierten Baumwollstraps, Und alle, alle, hastig ihre Blöße deckend, stürzen sie zum Fenster – und alle, alle stürzen sie entsetzt zurück: Tierisch wiehert es im Erdgeschoß durchs Fenster, tierisch bellt's im ersten Stock, tierisch miaut's im zweiten und tierisch kräht's durchs Oberlicht im dritten. Kein Zweifel: Die Bremer Stadtmusikanten sind zum Sturm auf die Sexklinik angetreten.
Grausam tritt des Esels Huf ins zarte Fleisch von Schwester Mimi; geifernd reißt des Hundes Zahn ein klaffend Loch in Schwester Genovevas Wade; fauchend krallt das Katzenvieh die Tatze in die rosa Lustmatratze; und hicke-hacke hackt der Gockel die Amor-Gipsfigur vom Sockel. Und laut ertönt vom Alalin das Echo durch die Berge hin:

„I-a i-a miau, kikeriki wauwau!“
Und in panischem Entsetzen

Sieht man sie zu Tale wetzen:
Vorne wetzt die Oberin,
Hintendrein wetzt Geraldine,
Wetzen Nana und Loulou,
Wetzen Babsi und Froufrou,
Wetzt das ganze Personal
Raus aus dem Erospital.
Und vom Hahn nur leicht verletzt
Kommt als letzter angewetzt,
Daß der Esel ihn nicht fasse,
Der Professor mit der Kasse.

# 10.

*Was bis jetzt geschah:*

*Haus Himmelstür, die Klinik der Superlative, ist abgebrannt, davongeschwommen, mit einem Eisberg zusammengestoßen und auf dem Gipfel des Großen St. Bernhard neu erstanden. Doch seine unbeirrbare Treue zum ärztlichen Standesethos bringt den weltberühmten Chirurgen in den Knast. Wegen besonderer Verdienste um die freiheitlich-demokratische Grundordnung wird er aber überraschend schnell entlassen. Er verwandelt das hochalpine Sanatorium in ein etwas spezielles Haus zur Behandlung der midlife crisis: in ein sogenanntes Erospital. Gerade als die Therapie die schönsten Früchte zu treiben beginnt, überfallen die Bremer Stadtmusikanten die Sexklinik und jagen alles in die Flucht: das knackige Personal, die schlaffen Patienten und zum Schluß den Professor mit der Kasse.*

*Wie wird es weitergehen?*

„Mesdames, Messieurs! Ladies and Gentlemen! Faites votre jeu!“

Unendlich gelangweilt wirft Ihre Königliche Hoheit, Großfürstin Nicolajewa Feodorowa von Rußland, eine Handvoll Jetons aufs Tableau. Ein hoheitsvolles Augenzwinkern und Jean-Gonrad, der diskrete Croupier, weiß, was er für sie zu setzen hat: Douze Premiers und 50 Mille auf die Acht.

„Les jeux sont faits!“

Die Kugel rollt.

„Rien ne va plus!“

Im Herzen der Spielhölle von Las Vegas, im „Grünen Casino“, halten neun Augenpaare den Atem an:

Lee W. MacSorry, der stiernackige Erdnußfarmer mit dem durchgeschwitzten Kragen.

Assunta Maria de Los Angeles de Cucidente y Parandontal, die rasante Formel-Eins-Pilotin aus Montevideo.

Urs Gnägi, der schweinsäugige Sparkassendirektor aus Rapperswil.

Sonny Monte Sciopero, der freundliche Verbandspräsi-dent aus Chicago mit dem ausgebeulten Smoking.

Samuel A. Weissbrot, der vertrauenerweckende Gebrauchtwagenhändler aus Nashville (Tennessee).

Und selbst Nicolajewa Feodorowa, die wogende Zarenerbin, trommelt nervös mit ihren schwerberingten russischen Fingern auf den Roulette-Tisch von Las Vegas. „Dix-sept! Manque! Impair! Rouge!"

Ungerührt harkt Jean-Conrad einen gewaltigen Haufen Spielmarken mit dem Rateau zusammen und schiebt den Millionengewinn hinüber zu jenem stattlichen Herrn im tadellosen Maßanzug, der sich bisher im Hintergrund gehalten hat und den doch keiner übersehen konnte. Unmerklich zucken seine buschigen Brauen, unmerklich blitzen seine stahlblauen Augen, unmerklich vibriert seine sensible Nase, und fast unhörbar formen seine klassisch strengen Lippen ein einziges Wort, ein deutsches Wort:

„Danke!"

„Na sdarowje, Väterchen Professor!" röhrt die Großfürstin von Rußland und schleudert eine leere Wodka-Flasche in den Marmor von Las Vegas: „Na sdarowje!"

Und ein junges Ding von 17 Jahren, Sue Bottleneck mit Namen, drückt den kantigen Medizinerschädel auf ihr heißes Dekollete: „O darling, you did it! 0 my darling professor from Germany!"

Wortlos öffnet der Nestor der deutschen Medizin die gußeiserne Schatulle mit der schlichten und doch ehrfurchtsgebietenden Inschrift „Haus Himmelstür, Kasse". Und die Hand, die ohne zu zittern Tausende von Blinddärmen herausgenommen, Tausende von Kathetern gesetzt, Tausende von Schädeln aufgemeißelt hat, sie zittert auch jetzt nicht, jetzt, da sie schembar beiläufig Millionen von Dollars in die uralte Schatulle vom Großen Sankt Bernhard scheffelt. Und sie zögert auch keinen Augenblick, als jetzt der weißhaarige chef de table mit leiser, aber fester Stimme erneut lockt: „Mesdames, Messieurs, faites votre jeu!"

Wieviel wird er diesmal setzen? Tausend? Hunderttausend? Eine Million? Atemlose Spannung. Und dann ein Schrei, ein internationaler Schrei der Entgeisterung:

„Madre de Dios!"

„Damn it!"

„Gottfried Stutz nonemal!"

Denn er setzt alles. Setzt die leibhaftige Kasse. Setzt die altehrwürdige gußeiserne Schatulle selbst. Setzt ganz Haus Himmelstür auf Nummer 17. „Rien ne va plus!"

Die Kugel rollt, die Kugel schlingert, die Kugel hält. „Passe! Impair! Noir! Trente-trois – thirty-three – dreiunddreißig!"

Und selbst Jean-Conrad, der Croupier, der die Welt gesehen hat, scheint die Tragik der Sekunde zu verspüren, wie er jetzt mit bebender Harke Haus Himmelstür hinüberschiebt zu Nikolajewa Feodorowa:

„Pour vous, Majeste!"

Unbewegt wie eine deutsche Eiche schlägt der große alte Mann der deutschen Medizin die Hände vors Gesicht. Das also war's. Aus. Vorbei. Forget it. Einmal hatte er leben wollen, ja auch er. Er, der immer nur für andere sich aufgeopfert hatte. Rastlos. Ruhelos. Selbstlos. Leben hatte er einmal wollen, leben in vollen Zügen. Genuß im Stil der neuen Zeit. Hinabtauchen in den Rausch der Sinne, gierig das Leben trinken, das sündige Leben von Las Vegas. Und jetzt: sein Lebenswerk verspielt. Haus Himmelstür im Eimer.

Und der ganze Spielsaal von Las Vegas blickt auf den großen alten Mann from Germany. Wird er zusammenbrechen in diesem Augenblick der äußersten Erniedrigung? Und keiner, keiner sieht, wer in diesem Moment wirklich zusammenbricht: In stummem Schmerz, das marmorbleiche Antlitz von Schweißperlen bedeckt, windet sich Großfürstin Nikolajewa Feodorowa mitten auf dem Roulettetisch von Las Vegas. In Sekundenschnelle hat er die Lage erfaßt, er allein, der große alte Mann der deutschen Medizin. Er sieht ihre Leibesfülle. Er hört ihr rhythmisches Stöhnen. Er weiß:

Rußlands große alte Frau kommt nieder.

Ja! Und sofort erwacht in ihm der Arzt. Sofort faßt er den richtigen Entschluß: Sextio Caesarea abdominalis intra-peritonealis. „Jean-Conrad!" befiehlt er dem Croupier, „reichen Sie mir die Harke! Ich mache den Zarenschnitt." Wie lange er gedauert haben mag, der Kampfeines deutschen Arztes um Leben und Tod, um Mutter und Kind auf dem Roulettetisch von Las Vegas? Wir wissen es nicht. Wir wissen nur, daß schon die rosenfingrige Eos paradiesisch sich erhebt über der unwirtlichen Wüste von Nevada, als Deutschlands weltberühmter Chirurg hinaustritt auf den marmornen Balkon des Grünen Casinos von Las Vegas. Huldvoll zeigt er der begeisterten Menge von Indianern und Cowboys den neugeborenen Herrscher aller Reußen: Zarewitsch Nikolajewitsch Feodorowitsch. Und an seiner Seite Sue Bottleneck, das betörende junge Ding von 17 Jahren. Wie blickt sie zu ihm empor, wie kuschelt sie sich an ihn, wie lispelt sie hingebungsvoll:

„Darling, you are the greatest!"

Er aber, mit einer unendlich gütigen und doch so bestimmten Gebärde, weist das betörende Geschöpf von sich: „Arzt war ich, Arzt bin ich, Arzt werde ich sein! Nicht Leben zu genießen bin ich geboren, sondern Leben zu spenden!"

In diesem wahrhaft bewegenden Augenblick tritt mit robustem Schritt Großfürstin Nikolajewa Feodorowa neben den deutschen Professor auf den Balkon des Spielsaales von Las Vegas: an der linken Brust den kerngesunden Zarewitsch, an der rechten Brust die Kasse von Haus Himmelstür. „Väterchen Professor", sagt sie mit leiser, aber fester Stimme, „Väterchen Professor, du chast mir geschenkt einen Sohn. Ich, Nikolajewa Feodorowa, Großfürstin von Rußland, schenke dir zurück Chaus Chimmelstür, dein chochberühmtes Chochgebirgs-Chospital!“

# 11.

*Was bis jetzt geschah:*

*Haus Himmelstür, die Klinik der Superlative, ist abgebrannt, davongeschwommen, mit einem Eisberg zusammengestoßen und auf dem Gipfel des Großen St. Bernhard neu erstanden. Da überfallen die Bremer Stadtmusikanten das blühende Sanatorium und jagen alles in die Flucht. Als letzter flieht der Professor selber mit der Kasse. In der Spielhölle von Las Vegas verfällt er dem Taumel der Sinne und dem Rausch des Geldes. Erst in der schicksalhaften Begegnung mit Großfürstin Nikolajewa Feodorowa von Rußland findet er zurück zu seiner wahren Bestimmung als Arzt und Professor.*

*Wie wird es weitergehen?*

„Buona sera, Contessa!“ „Buona sera, Visconte!“ „Ciao, Monsignore!“

Samten fällt der milchige Schein von kristallenen Lüstern in die atemberaubenden Dekolletes schöner Männer und erfolgreicher Frauen. Mit vollendeter Grazie huschen schlanke Pagen wieselflink von Mann zu Mann, von Dame zu Dame: Wir sind im Blauen Plüschsalon der Mailänder Scala. Da plötzlich verstummt mit einem Mal das vielstimmige erwartungsvolle Gemurmel, zarte Lippen nur wispern im Chore ein einziges Wort: „Ecco – il Professore! Il grande Professore tedesco!“

Ja, er ist es. Mit federndem Schritt gleitet der große alte Mann der deutschen Medizin über das spiegelblanke Parkett des berühmtesten Opernhauses der Welt, grüßt mit edler Bescheidenheit nach links, lächelt mit verhaltener Noblesse nach rechts und verschwindet schnurstracks in der Künstlergarderobe. „Was für ein Mann“, wispert's von zarten Lippen, „wenn er so dirigiert, wie er operiert ... “

Ja, er wird dirigieren. Seit Tagen schon hält Mailand, hält Italien, hält die Welt den Atem an, und die verlausten Straßenjungen zwischen Dom und Nordbahnhofdrücken sich die Nasen platt an dem Plakat: „Scala di Milano pre-senta: ‚11 crepuscolo degli dei – Die Götterdämmerung‘ di Ricardo Wagner. Con i musici del Großes Patientenorchester Haus Himmelstür. Direzioni: il grande Professore."

Tatütata! Tatütata! Eskortiert von schmucken Carabinieri auf ihren schneeweißen Vespas hält das ultramoderne Großraumklinomobil vom Großen St. Bernhard vor dem verschwiegenen Bühneneingang der Mailänder Scala. Auf seinen bärenstarken Schultern trägt Dr. Orango den Ersten Geiger in den Musentempel; hinterdrein humpelt der Hornist, hinkt der Trompeter, kommt der Flötist dahergebaumelt unterm Arm von Oberschwester Genoveva. In der schlichten, aber sauberen Künstlercafeteria ist alles bereit für einen letzten kleinen Imbiß, so wie ihn die lieben Kranken vom Großen St. Bernhard gewohnt sind: Wurstbrot, Hagebuttentee und ein Tomatenschnitz. Und keiner, keiner sieht, wie sich in diesem Augenblick eine vermummte Figur zum Notausgang der Cafeteria hinausschleicht – auf knallgelben Socken, unterm Arm eine riesige Tüte voll Rattengift, in den verkniffenen Augen aber einen hämischen Blick zurück zu der dampfenden Kanne mit dem köstlichen Hagebuttentee.

„Noch etwas Kaviar, Professore?"- „Gern, Maestro!" In einer verschwiegenen Ecke unweit vom kalten Büffet stehen sie sich gegenüber, Auge in Auge: der weltberühmte Chirurg vom Großen St. Bernhard und der weltberühmte Stardirigent Hubert von Tralala. „Wissen Sie, Professore, nichts schätze ich mehr als ambitionierten Dilettantismus in der Musik – besonders, wenn es für einen guten Zweck ist. Wie heißt doch gleich die Stiftung, für die Sie spielen?" – „Pro professoribus", antwortet der Chef mit versonnenem Lächeln, „die Stiftung für Chefärzte in Not!" Und so sehr ist sein Blick nach innen gekehrt, so sehr ist sein Ohr schon erfüllt von herrlichen Melodien, daß er den gelben Neid im verkniffenen Blick des Maestro nicht sieht; daß er nicht hört, welch tödliche Eifersucht mitschwingt in seinen Worten: „Na denn – toi, toi, toi!"

Na denn – toi, toi, toi. Mit federndem Schritt gleitet der virtuose Chirurg zum Dirigentenpult. Mühsam erhebt sich das Patientenorchester aus Bahren und Rollstühlen, elegant verbeugt sich der weltberühmte Professor, dankbar sinken die Musiker wieder zurück an ihre Instru mente. Fast unhörbar klopft Deutschlands großer alter Mann mit dem Stab des Äskulap ans elfenbeinerne Pult. Atemlose Stille. Und jetzt mit einemmal reckt er den Stab des Äskulap Jauchzend hinauf zur Kuppel der Mailänder Scala, und mit Donnergrollen fällt das Orchester ein. Die Götterdämmerung hat begonnen.

Flöten jubilieren, Bratschen klagen, Trompeten trompeten, die Orgel schwillt, und drohend dröhnt das Horn. Was aber macht die Geige? Die Geige seufzt, die Geige schluchzt, die Geige bricht zusammen. Und mit ihr bricht der Geiger, bricht leichenblaß vom Stuhle, bricht in jene abgrundtiefe Nacht, die da heißt Bewußtlosigkeit.

Ein Raunen geht durch die Logen, ein Flüstern durchs Parkett. Gebannt blickt Mailand, blickt die Welt auf den Mann am Pult. Wie wird es weitergehen?

Da horch! Die Geige singt, die Geige jubelt, die Geige jauchzt hell auf zum Firmament. Keine Sekunde hat der Professor verloren; mit einem Griff hat er sich die unschätzbare Stradivari unters Kinn geklemmt, und während seine Linke kraftvoll weiterdirigiert, greift seine Rechte mit dem Stab des Äskulap herzhaft in die Saiten. Da horch! Ein Ton der Klage entlockt sich dem Fagott, und wie vom Blitz gefällt bricht auch der Fagottist hinab auf seine Bahre. Und während der Professor mit der Linken kraftvoll weiterdirigiert und mit der Rechten herzhaft in die Saiten greift, bläst sein edles Lippenpaar tapfer ins Fagott.

Da horch! Da horch! Da horch! Jäh hat die Tuba ausgetutet, zerschmettert ist der Schmetterklang des Horns, kopfüber stürzt der Trommler in die Kesselpauke. Die größte Katastrophe der Musikgeschichte bahnt sich an. Und beklommen starrt die Welt: Wie wird es weitergehn?

Kann es übernaupt noch weitergehn? Ja, es geht weiter. Professor hier – schwungvoll dirigiert er mit der Linken. Professor da – herzhaft greift er mit der Rechten in die Geige. Professor dort – mit ruhigfestem Tritt haut er auf die Pauke. Professor links! Professor rechts! Professor hinten! Professor vorn! Professor, Professor, Professor! Und während er sich dem Laokoon gleich in der Tuba windet, pflanzt er kühn das Horn sich auf den Kopf. Und Bild und Ton verschmelzen zu einer Harmonie von nie gekannter Schönheit, und es ist dies eine Harmonie, die nicht aus dem erzwungenen Miteinander der vielen Widerstreitenden entspringt, sondern aus dem genialen Einklang des einen großen Mannes mit sich selbst. Da horch! Im tosenden Applaus kommt einer auf knallgelben Socken leise aufs Podium geschlichen: Hubert von Tralala. Gesenkten Hauptes legt er eine Garbe gelber Rosen dorthin, wo er in der verkeilten Instrumentengruppe den Professor vermutet; und wie der Vorhang rauschend fällt, sagt er mit leiser, aber fester Stimme: „Ihr Genie, Professore, war stärker als mein vergifteter Hagebuttentee. Und so gestehe ich denn frank: In Ihnen bin ich einem Größeren begegnet. Wenn Sie so operieren, wie Sie dirigieren, dann weiß ich jetzt, was Götterdämmerung ist!“

# 12.

*Was bis jetzt geschah:*

*Haus Himmelstür, die Klinik der Superlative, ist abgebrannt, davongeschwommen, mit einem Eisberg zusammengestoßen und auf dem Gipfel des Großen St. Bernhard neu erstanden. Wölfe belagern das weltberühmte Hospital, ein Gespenst jagt die Patienten zu Tale, die Bremer Stadtmusikanten steigen durchs Fenster – aber der geniale Professor ist jeder Herausforderung gewachsen. Mit dem großen Patientenorchester vom Großen St. Bernhard feiert er schließlich in der Mailänder Scala beispiellose Triumphe – als Dirigent und als Arzt.*

*Wie wird es weitergehen?*

# 12

[illegible]

Die Kokospalmen wiegen sich im sanften Wind der

Karibischen See. Junge Menschen voller Lebensfreude spielen lachend an der Küste des Lichts, und über allem wölbt sich der preußischblaue Himmel der Bahamas. Von fernher dröhnen die Rumbaklänge exotischer Sinneslust durch den mannshoch blühenden Jasmin, übertönt nur vom seltsam melancholischen Singsang, mit dem braungebrannte Fischersleute ihre prall gefüllten Netze voll von frisch gefangenen Haifischen ans korallenübersäte Ufer ziehen. Und unter all den unschuldigen Naturkindern die athletische Gestalt eines großen alten Mannes in der Badehose. Von Strandkorb zu Strandkorb flüstert es sich der Jet-Set zu, von Schilfhütte zu Schilfhütte raunen es die kehligen Stimmen der braven Neger einander ins Ohr: Seht, er ist hinabgestiegen aus dem winterlich erstarrten Eisgebirge des Großen St. Bernhard – der Sonne entgegen! Heute, ja heute macht Deutschlands weltberühmter Chirurg zum erstenmal in seinem Leben Urlaub.

Die fesche Prinz-Heinrich-Mütze keck in den ergrauten Nacken geschoben, den Stab des Äskulap lässig in die Hüfte gestützt, an seiner Seite – schwabbeldibapp – eine glutäugige Schöne im adretten Kokosschurz: so geht er dahin am wellenumsäuselten Strand dieses letzten Paradieses. Und dann mit einem Mal faßt er lachend das Girl um beide Hüften und hebt sie mit einem Kuß jauchzend empor zur Reling einer schneeweißen Yacht. „Paloma, wir lichten die Anker!“

Pfeilschnell schießt, dem Sturmvogel gleich, das schlanke Schiff durch die gischtschäumenden Wogen. Wir wissen nicht, wie lange das schlanke Schiff, dem Sturmvogel gleich, pfeilschnell dahingeschossen ist durch die gischtschäumenden Wogen. Wir wissen nur, daß Stunden später in einer stillen Lagune weit draußen zwischen den Korallenriffs die Segel schlaff sich senken: „Paloma, wir werfen die Anker!“

Angstvoll schaut das braune Mädchen zu, wie der weiße Riese aus der Alten Welt in den schwarzen Gummischutz steigt – zuerst das linke Bein, dann das rechte Bein, dann die herakleischen Schultern und zum Schluß der kantige Medizinerschädel. Schon schultert er das Sauerstoffgerät, schon wägt er lächelnd die Harpune, schon watschelt er in seinen eleganten Taucherflossen rückwärts ans Heck und stürzt sich mit einem doppelten Fosbury-Flop in das köstliche Naß.

Wunderbare Welt der Tiefsee! Schwärme silbriger Fische ziehen wie am ersten Schöpfungstag majestätisch vorbei. Grün schillern die Heringe, rot leuchtet der Rotbarsch, blau glitzert die Forelle, und neckisch grüßt der Kabeljau. Der Professor sieht sie nicht. Er sieht nur die riesenhafte Schnappschildkröte, Chelydra serpentina, die ihren verschlafenen Kopf verwundert aus einem Büschel von Tiefseeorchideen steckt. Keine einzige übereilte Bewegung, langsam nur der Griff nach der altvertrauten Harpune,

Und in diesem Augenblick ein Schrei. Ein Schrei oben an Bord. Ein Schrei aus Palomas sonnengebräunter Kehle, Ein Schrei der Liebe und ein Schrei des Entsetzens. Kurz; ein Schrei. Schemenhaft nur hat sie eine dreieckige Flosse vorbeischießen sehn, aber sofort erkennt das Kind der Natur die tödliche Gefahr: Im selben Augenblick, in dem die meisterhafte Rechte des Professors den tödlichen Pfeil ins Herz der riesenhaften Schnappschildkröte sendet, schnappt ihn selber von hinten das messerscharfe dreireihige Gebiß eines erbarmungslosen Mörderhais, und scharlachrot wie edler Burgunderwein schießt eine Fontäne menschlichen Blutes zur Reling empor.

Dann Stille. Namenlose Stille. Und während die ganze Lagune sich färbt, als wäre sie ein einziges Meer von Châteauneuf-du-Päpe, krallen sich Palomas kaffeebraune Finger verzweifelt in die herrenlosen Planken der stolzen Yacht.

Da – ein Gurgeln, ein Schmurgeln, ein Pfnurgeln – ein Schnorchel taucht auf, ein Kopf, zwei Arme, ein Rumpf, ein Bein. Und mit leiser, aber fester Stimme ruft der Professor empor zur Reling: „Paloma, hilf mir an Bord – mir ist ein kleines Malheur passiert!“ Dann steht er vor ihr, die Harpune hochgereckt im rechten Arm, unterm linken Arm aber, als wär's die Schnappschildkröte, sein abgebissenes rechtes Bein. Zärtlich bettet ihn Paloma auf das blütenweiße Linnen der blitzsauberen Kajüte, und fast unhörbar flüstern ihre kreolischen Sammetlippen: „Darling Professor, soll ich dir aus dem Taucheranzug helfen?" – „Aber nein, Paloma! Jetzt wird nicht ausgezogen – jetzt wird operiert! Da kommen mir die Gummihandschuhe und die Gesichtsmaske wie gerufen!"

„Operieren?" fragt das ahnungslose Naturkind. „Operieren? Aber wie?" – „Halt's Maul, Paloma", erwidert der Chef mit rauher Herzlichkeit, „halt's Maul und reiche mir deine Stricknadeln!"

Und mit offenem Mund erlebt die braune Schöne, wie der weltberühmte Professor from Germany mitten in der westindischen Lagune mit karibischen Stricknadeln das Wunder der chinesischen Medizin wahr macht, das da heißt:

Narkose durch Akupunktur. Eine Nadel ins Bein, eine Nadel in den Wadenstumpf, und dann nach der klassischen Tso Tsung Tang-Methode die dritte Stricknadel quer durch die Nase. „Paloma", nuschelt Deutschlands größter Doktor, „Paloma, rasch rasch, mein Wehrmachtsnecessaire – Nadel, Faden, Fingerhut!"

Dann geht auf einmal alles ganz schnell. Fast ohne jeden Kraftaufwand haut der Chef den beweg-

lichen kugligen Schenkelkopf (caput femoris) in die Hüftgelenkpfanne.
Mit äußerster Vorsicht umgeht er den empfindlichen Rollhügel Trochanter und fixiert durch einen kühnen Kreuzstich den musculus gastrocnemius in der arteria femoralis. „Paloma, jetzt eine Sicherheitsnadel!“ Und schon sind tibia, das Schienbein, und fibula, das Wadenbein, untrennbar verbunden zu einem sogenannten Bäckerbein, Jambus ellipticus. Rasch noch eine schmucke Zickzacknaht, und vor den überwältigten Augen des staunenden Mädchens sind Professorenbein und Taucheranzug wieder so harmonisch miteinander verwachsen, wie Gott sie schuf. „Paloma, es will Abend werden. Ich muß auf die Kommandobrücke!“
Die Kokospalmen wiegen sich im sanften Wind der Karibischen See. Junge Menschen voller Lebensfreude spielen lachend an der Küste des Lichts, und über allem wölbt sich der preußischblaue Himmel der Bahamas. Unter all den unschuldigen Naturkindern aber die athletische Gestalt eines großen alten Mannes in der Badehose. Und trüge er nicht noch immer eine Stricknadel quer durch die Nase – niemand würde ahnen, daß der Nestor der deutschen Medizin in dieser betörenden Abendstunde unter dem Wendekreis des Krebses ein ganz klein wenig hinkt.

# 13.

*Was bis jetzt geschah:*

*Haus Himmelstür, die Klinik der Superlative, ist abgebrannt, davongeschwommen, mit einem Eisberg zusammengestoßen und auf dem Gipfel des Großen St. Bernhard neu erstanden. Wölfe belagern das weltberühmte Hospital, ein Gespenst jagt die Patienten zu Tale, die Bremer Stadtmusikanten steigen durchs Fenster. Aber der geniale Professor ist jeder Herausforderung gewachsen. Anlaßlich seines ersten Urlaubs in der wunderbaren Welt der Tiefsee näht er sich sogar selber das Bein wieder an, das ihm ein Mörderhai abgebissen hat.*

*Wie wird es weitergehen?*

Socke um Socke, Unterhemd um Unterhemd, Taschentuch um Taschentuch verschwinden im schlichten ärztlichen Notfallkoffer mit der praktischen Innenaufteilung. Noch eine Zahnbürste, eine Schachtel Ohropax, ein Paar Hosenträger, der gute alte Taucheranzug, und dann, benetzt von einer einzigen verstohlenen Träne, der Stab des Äskulap. Der Chef packt die Koffer.
Nicht leicht war ihm der Entschluß gefallen. Nie hatte er so sehr wie in diesem Augenblick gespürt, daß er mit jeder Faser seines leidenschaftlichen Medizinerherzens an dieser Klinik hing, an seinem Lebenswerk. Noch einmal holt er unterm Kopfkissen seinen geliebten, seinen vergilbten Rainer Maria Rilke hervor:

„Sei allem Abschied voraus, als wäre
er hinter
Dir wie der Winter, der eben geht;
Denn unter Wintern ist einer so
endlos Winter,
daß überwinternd dein Herz
überhaupt übersteht."

„Hilft ja doch alles nichts." Stumm aber männlich wischt sich der große alte Mann der deutschen Medizin die Träne vom Lid: „Altes Haus, wirst 93, altes Haus, es wird Zeit." „Stille Nacht, heilige Nacht!" Traulich flackern die nichttropfenden Kerzen an der kerzengeraden Omorikafichte im festlich verdunkelten Operationssaal. Mit ahnungsvollen Mädchenaugen schaut Schwester Gaby, die jungverlobte Röntgen-Assistentin, aufs blondgelockte Jesulein in der Krippe; unentwegt bläst Dr. Carola Seyffert, die erfahrene Narkose-Arztin, auf der Blockflöte, während Genoveva, die resolute Oberschwester, zärtlich in die Laute greift; unter dem Operationstisch aber kommandiert Dr. Orango, der sympathische Assistenzarzt aus der Dritten Welt, mit roter Kelle und schrillem Pfiff seine funkelnagelneue elektrische Modelleisenbahn.

Bauz, da geht die Türe auf. „Frohe Weihnachten, Leute!" Und im hellen Chor klingt es dankbar zurück: „Frohe Weihnachten, Chef." Schon will Oberschwester Genoveva mit kräftigem Bariton „Ihr Kinderlein kommet" anstimmen, da gebietet der Professor mit einer knappen Handbewegung Schweigen: „Kinderlein, ich habe Euch etwas zu sagen. Auch Ihnen, Dr. Orango. Halten Sie bitte den D-Zug an und kommen Sie unter dem Operationstisch hervor!" Dann spricht er. Spricht mit leiser, aber fester Stimme. Spricht von ärztlicher Verantwortung. Spricht von Menschenschicksalen in Menschenhand. Und daß diese Hand, und sei sie die genialste, einmal gehen muß. Fassungslos stehen die treuen Helfer rund um den Weihnachtsbaum. Fassungslos hört Dr. Orango, der hoffnungsvolle junge Assistenzarzt aus der Dritten Welt, die Worte, die der Nestor der deutschen

Medizin zu ihm persönlich spricht: „So nimm denn meine Klinik und führe sie!“ Und fassungslos starrt der Professor selbst, wie jetzt der bärenstarke Jungchef unter seinem kollegialen Schulterhieb zusammenzuckt, zusammenfährt, zusammenklappt.

Ob die freudige Aufregung zuviel für ihn war? Ob die plötzliche Verantwortung ihn niedergestreckt hat? Reglos liegt Dr. Orango unterm Christbaum mit lila verfärbten Lippen und bläulich aufgedunsenen Fingerspitzen. Eine Sekunde nur beugt sich der erfahrene Altchef über seinen designierten Nachfolger. Dann hat er die Lage erkannt: „Meine Damen und Herren! Ein typischer Fall von Allotscher Tetralogie, dem wohl vielgestaltigsten Konstruktionsfehler des Herzens. Der Eingang der aus der rechten Herzkammer entspringenden Lungenarterie ist verengt, so daß sich die rechte Herzhälfte über Gebühr anstrengen muß, um das venöse Blut durch den Engpaß in die Lunge zu pressen, wobei das rechte Herz sich erweitert und verdickt, während gleichzeitig die Scheidewand zwischen rechter und linker Kammer ein Loch besitzt, so daß sich das verbrauchte Blut von rechts mit dem frischen von links vermischt, wodurch eine völlig ungenügende Versorgung des Körpers mit dem so lebenswichtigen Sauerstoff eintritt, weil die Hauptschlagader über der defekten Stelle entspringt, so daß nicht nur frisches, sondern auch ver- brauchtes Blut in sie gelangt, weshalb wir bei diesem Krankheitsbild gern vom ‚Blue-Baby-Syndrom' sprechen. Zuguterletzt liegt auch noch der Aorta-Eingang falsch. Mit anderen Worten: Meine Damen und Herren, es muß sofort operiert werden!"

Im Handumdrehen hat das routinierte Team den Operationstisch aufgeräumt: Zimtsterne weg, Skalpelle her, Wunderkerzen raus, Kanülen rein, Ochs und Esel unter den Tisch, Dr. Orango auf den Tisch. Und zackzackzack wird operiert. Es geht um das Leben eines Arztes. Brustkorb geöffnet, Unterschlüsselbeinschlagader freigelegt, umgebogen und in die Lungenschlagader eingepflanzt.

Wo aber bleibt die Natriumbicarbonicum-Lösung für die Reanimation? Mit Volldampf kommt sie angezischt. Im Kesselwagen der elektrischen Modelleisenbahn. Hintendran ein Waggon mit Magnesia usta und ein Tieflader mit drei Ampullen Sympathol. Mit der roten Kelle hält der Professor den Rettungszug an. Die Kußmaulsche Beatmung kann beginnen.

Niedergebrannt die Stearinkerzen, die Wunderkerzen verglüht. Ochs und Esel schlafen längst. Fern über dem Alalin graut schon das Morgenrot. Jodelnd stapfen ringsumher die Hirten zur Christmette hinab ins Tal: „O du fröhliche, o du selige, gnadenbringende Weihnachtszeit!" Drinnen aber im Operationssaal hängt das tapfere Team, hängt

übernächtigt nach zehnstündiger Operation, hängt an den Lippen des großen alten Mannes in Weiß. Und eine Frage hängt im Raum, eine einzige bange Frage: Wird er's überleben?
Schweigend greift der Professor zu seinem ärztlichen Notfallkoffer. Nimmt Socke um Socke wieder heraus, Taschentuch um Taschentuch, Zahnbürste um Zahnbürste:
„Ja", sagt er mit leiser, aber fester Stimme, „ja, er wird leben. Aber operieren – nie mehr." Dann, während er mit dem uralten Stab des Äskulap die letzten Kerzen löscht, während eine letzte Lokomotive unermüdlich um den Christbaum dampft, spricht der geniale Professor das Wort, das wir alle sehnsüchtig erwartet haben: „Meine Damen und Herren, ich bleibe."

# 14.

*Was bis jetzt geschah:*

*Haus Himmelstür, die vielgebeutelte Klinik der Superlative, hat selbst das Weihnachtsfest überstanden.*

*Wie wird es weitergehen?*

O Himmel, strahlender Azur! Seit Wochen ist Schnee gefallen. Schnee auf den Großen St. Bernhard. Schnee auf Haus Himmelstür. Und ganz im Schnee versunken ist die uralte Käserei neben der bezaubernden kleinen Privatklinik.

Heute aber, ja heute scheint zum erstenmal vom ewig blauen Firmament gleißend Mutter Sonne. Und während die frohe Schar der Patienten sich auf der herrlichen Loipe zwischen Klinik und Käserei gesundbrettelt, steht der weltberühmte Professor auf dem handgeschnitzten Balkon, blickt dankbar empor und gedenkt der unsterblichen Worte des weltberühmten Dichters Bertolt Brecht: „O Himmel, strahlender Azur!"

Da! Mitten im strahlenden Azur ein Punkt. Stecknadel-kopfgroß. Kindskopfgroß. Fußballkopfgroß. Und einen Wimpernschlag später eine wirbelnde Fontäne im jungfräulichen Pulverschnee. Schlaff sinkt ein riesiger Fallschirm in sich zusammen und deckt einen scheinbar leblosen jungen Frauenkörper.

„Schwester Genoveva, falten Sie den Fallschirm zusammen und machen Sie die Patientin frei!" Hoch droben im Operationssaal beugt sich der Professor voller Sorge über den blühenden Mädchenleib. Horcht hier. Tastet da. „Gnädiges Fräulein, Ihnen fehlt nichts. Und wenn ich es so sagen darf: Ihnen fehlt wirklich gar nichts."

Errötend senkt die fremde Schöne ihre mandelförmigen Lider nieder. Schiebt sich die fesche Pilotenbrille gleich einer Lotosblüte ins seidenschwarze Haar und haucht aus kirschrotem Herzmund: „Salemaleikum Professor! Ich bin Suleika!"

Staunend hört der weltberühmte Chirurg ihre märchenhafte Geschichte. Tochter sei sie eines milliardenschweren Sultans von Quam-al-Rachid am Persischen Golf. In Salem habe sie die Erziehung einer deutschen Fürstenschule genossen. Dann, sagt sie, ist sie heimgeflogen in die väterliche Wüste, krank nicht von Heimweh, sondern von einem unnennbaren Leiden. Die teuersten Arzte Amerikas, flüstert Suleika, hätten nicht Rat noch Hilfe gewußt. Und voll banger Hoffnung schlägt sie die mandelförmigen Augen auf zum großen alten Mann der deutschen Medizin.

Mitternacht, die Geisterstunde. Ruhelos geht der Chefin seinem spartanischen Studierzimmer auf und ab. Ab und auf. Er weiß: Die einzige Waffe der modernen Medizin gegen Suleikas geheimnisvolles Leiden sind Gammastrahlen. Die schöne Fallschirmspringerin aus dem Morgenland gehört sofort unter die radioaktive Atomtherapie einer hochmodernen Kobaltbombe. Haus Himmelstür aber, das gesteht sich der weltberühmte Chirurg mit einem Stich im Herzen ein, Haus Himmelstür hat noch keine Kobaltbombe. Und Haus Himmelstür ist hoffnungslos eingeschneit.

Da! Eine Ahnung bricht sich Bahn. Eine ferne Erinnerung ans zweite Semester, ans Vorphysikum in Heidelberg. Und ohne alle falsche Scham greift der große Arzt zum Großen Brockhaus. Band 10, Seite 310:

„Kobalt, das, CO. Chemisches Element aus der 8. Nebengruppe des periodischen Systems. Ist bei Mensch und Tier ein unentbehrliches Spurenelement. Es ist Bestandteil des Vitamins B 12. Siehe dieses." Und ohne falsche Scham greift er zu Band 19, Seite 661:

„Vitamin B12. C63 H90 N14 014 PGo. Ist eine dem Hämin verwandte, jedoch kobalthaltige Verbindung. Vorkommen in Leber, Muskeln, Eigelb, Käse." Käse? Kobalt? Kernfusion? Ein Gedanke durchzuckt das Hirn des genialen Arztes, ein Gedanke von epochaler Kühnheit, und doch so unwägbar gefährlich: „Mein Gott, wenn das in falsche Hände gerät: Käse, Kobalt, Kernfusion!" Entschlossen wischt er den Gewissensbiß beiseite. Es geht um Suleika. Um Suleikas Leben.

Wunderbare Welt der Käserei! Laib um Laib kippt Oberschwester Genoveva den guten alten Emmentaler in den riesigen Beschleunigungsbottich. Napf um Napf filtert der Professor selbst das kostbare Kobalt aus dem hochaktiven Kernschmelzkäse. Geige um Geige schnellt der GeigerZähler empor zum kritischen Isotopen-Halbwertquotienten: Die Bombe ist fertig.

Mitternacht, die Geisterstunde. „Didadiditt, didadiditt." Mit triumphierendem Lächeln flüstert Suleika unter ihrem blütenweißen Plumeau ins wanzengroße Funksprechgerät: „Suleika an Ramón. Suleika an Ramón. Bitte kommen."

„Ramón an Suleika. Empfang klar und deutlich. Bitte kommen."

„Suleika an Ramón. Das ist hier eine unglaubliche Kitschbude. Aber der alte Spinner hat angebissen. Heute Nacht hole ich die Bombe, die der Trottel für uns gebastelt hat. Hoch lebe die Bewegung 1. April! Ende."

Mitternacht, die Geisterstunde. Alles schläft, einsam wacht der alte Professor. Auf der Bettkante sitzt er. Die Schuhe hat er abgelegt. Er schüttelt das Haupt: „Soll ich wirklich? Ich in meinem Alter? Aber sie ist zu süß." Und er macht sich strümpflings auf die Socken.

Auf Zehenspitzen horcht er an der Tür. Mit feuchter Hand umfaßt er die Klinke. Drückt sie nieder. Öffnet den Spalt. Milde lächelt Gevatter Mond durchs offene Fenster. Lächelt in ein leeres Bett. Unterm Plumeau aber quäkt's:

„Ramón an Suleika, Ramón an Suleika. Sobald du das Ding hast, bitte kommen."

Der Professor erkennt sofort die Lage. Mit einem Satz ist er am Fenster. Äugt hinüber zur nächtlichen Käserei. Sieht das flackernde Licht im Kommandoraum des Schmelzkäsereaktors:

„Mein Gott! Die Neutronenbremse! Woher soll das fanatische junge Ding wissen, wie die Neutronenbremse funktioniert!"
„Alarmstufe eins!" Durch die hausinterne Sprechanlage wiederholt es der Professor mit ruhig fester Stimme:
„Alarmstufe eins. Licht an. Türen zu. Patienten raus aus den Betten. In wenigen Sekunden wird der GAU eintreten. Ich wiederhole: Der größte anzunehmende Unfall tritt unverzüglich ein. Kein Grund zur Panik. Bitte, ergreifen Sie sofort die bekannten und beliebten Zivilschutzmaßnahmen!"
O Himmel, strahlender Azur! Während Suleika, die heißblütige Terroristin, in einem gigantischen Atomkäsepilz emporfährt ins grenzenlose All, nehmen die Patienten, einer nach dem andern, brav die Aktentaschen wieder vom Kopf. Klopfen den radioaktiven Staub vom Pyjama. Steigen ins radioaktive Bett. Löschen das radioaktive Licht. Leise rieselt der Schnee. Haus Himmelstür schläft. Nur Oberschwester Genoveva grummelt mit leiser, aber radioaktiver Stimme: „Oioioioioioi. Das hat noch einmal gut gegangen."

# 15.

*Was bis jetzt geschah:*

*Haus Himmelstür, die Klinik der Superlative, ist abgebrannt, davongeschwommen, mit einem Eisberg zusammengestoßen und auf dem Gipfel des Großen St. Bernhard neu erstanden. Wölfe belagern das weltberühmte Hospital, ein Gespenst jagt die Patienten zu Tale und auch sonst widerfährt dem unerschrockenen Arzt mancherlei Unbill. An einem klaren Wintermorgen fällt Suleika, die Terroristin aus Morgenland, vom Himmel und verführt den großen alten Mann zum Bau einer Kobaltbombe. Doch ehe Schlimmeres geschieht, setzt eine kleine Atomexplosion die kriminelle Vereinigung schachmatt.*

*Wie wird es weitergehen?*

# 15

[illegible]

Hereinspaziert! Hereinspaziert in die wunderbare Welt der Manege! Zirkus Montini präsentiert Ihnen sein weltberühmtes Programm. Hier sehen Sie Petzi Brumm, den weltberühmten Bären in Weiß. Hier erleben Sie Srila A. C. Bhaktivedanta Swami Prabhupada mit seinem weltberühmten indischen Seiltrick. Hier staunen Sie über die vier Benitos auf dem weltberühmten Schlappseil. Hier zeigt Ihnen Freddy Weissmüller seine sieben lachenden Seehunde. Hier bewundern Sie Wladimir Lubitwotschko mit seinem weltberühmten Elefantenballett. Hier verzaubert Sie Paloma, der Engel am Trapez. Hereinspaziert! Hereinspaziert!"
Verschämt läßt sich der weltberühmte Professor auf dem samtbezogenen Klappsitz nieder. Wie lange es her sein mochte, seit er, ein sommersprossiger Lausbub noch, ums Zirkuszelt herumgestrichen war, berauscht vom wilden Duft der Manege und im Herzen jene unstillbare Sehnsucht, die der Dichter Werner Bergengruen in die weltberühmten Verse gegossen hat:

„Und war' doch selber gern, Zigeuner
zu begleiten,
Auf struppigem Klepper nachts
davongeritten."

Aber das Leben hatte ihn in harte Dressur genommen. Nicht der Zirkus sollte sein Schicksal werden, sondern die Klinik. Seine Manege war der

Operationssaal. Und er wäre auch heute nicht der Stimme seines Herzens gefolgt, sondern dem unerbittlichen Ruf der ärztlichen Pflicht, hätte nicht dieser eine Name ihn mit tropischem Charme gefesselt: Paloma!

Paloma! Ein Hauch von Südsee, ein Hauch von korallenübersäten Stränden und von einem abgebissenen Bein! So war sie denn, das unschuldige Kind der Natur, so war sie denn, die wilde Schöne, die ihm einst die unvergeßlichen Ferien auf den Bahamas verzuckert hatte, so war sie denn aufgestiegen zur schwindelerregenden Höhe der Artistik! „Hannibal, kusch! Hierher, Jumbo! Berta, den Rüssel hoch!“ Mit leiser, aber fester Stimme dirigiert Wladimir Lubiwotschko das leichtfüßige Ballett der grauen Kolosse. Ein bunter Strauß von Operettenmelodien perlt durch die Manege, während die klugen Dickhäuter mit verschmitztem Augenzwinkern durch die Arena kreisen, Schwanz am Rüssel, Rüssel am Schwanz.

In diesem Augenblick schießt eine Kaskade von gleißendem Licht hinauf in die erhabene Kuppel des majestätischen Zirkuszeltes. Jäh verstummt das Tschindarassassa der grün uniformierten Musikanten. Die Glanznummer des Zirkus Montini kann beginnen.

Paloma! In einem verführerisch glitzernden Goldschuppentrikot steht sie da auf wippendem Sprungbrett. Wippt und springt. Doppelter Rittberger. Rolle rückwärts. Kapriole auf der Hinterhand. Eingesprungener Doppelaxel. Salto semplice. Salto con sforza. Und dann ein unsäglich verhaltener Trommelwirbel: Salto mortale.

Und da, genau zwischen dem zweiten und dem dritten Überschlag, geschieht es. Es geschieht unendlich schnell. Aber es geschieht. Dort fliegt sie, die weltberühmte Taube am Trapez. Da sitzt er, der weltberühmte Meister vom Skalpell. Vier Augen sehen sich an. Zwei Hände greifen ins Leere.

Und dann, tief unten in der Manege, der dumpfe Aufprall des lebenshungrigenjungen Frauenkörpers auf das breite Kreuz eines Elefanten, übertönt vom gellen Schrei des Entsetzens aus unzähligen Kehlen: „Paloma!"

Nur einer schreit nicht. Einer greift zum Notfallkoffer. Eh die entsetzte Menge sich versieht, kniet er neben ihr. Fühlt ihren Puls.

Und wie sie seine Hand an ihrem Puls fühlt, schlägt sie sachte die Lider auf: „Darling Professor, good old Professor, don't worry, ich fühle o.k." Dann droht vor tosendem Beifall das Zirkuszelt zu platzen: Mit dem eigentümlich federnden Schritt der Artisten kehrt die exotische Schöne zurück aufs Trapez.

Aber da! Mitten in den frenetischen Jubel dröhnt ein Urschrei aus russischer Kehle: „Channibal! Mein Channibal!" In stummem Schmerz kniet Wladimir Lubiwotschko, der weltberühmte Dompteur, neben seinem reglos ausgestreckten Elefantentier.

Sanft, aber bestimmt schiebt der Nestor der deutschen Medizin den großen alten Mann der Elefantendressur beiseite. Fühlt Hannibals Puls. Palpiert Hannibals Rükken. Beklopft mit dem Hämmerchen Hannibals Knie. Zwei steile Falten kerben sich in seine hohe Stirn. Dann schreitet er zum Mikrofon: „Meine Damen und Herren! Ein typischer Fall von schockbedingter Herzinsuffizienz. Oder, wie die Wissenschaft sagt, Elephantiasis der Mitral-klappe. Mit anderen Worten: Meine Damen und Herren, es muß sofort operiert werden."

Und es ist ergreifend, wie das sonst so rauhe Zirkusvölklein sich jetzt vor Hilfsbereitschaft überschlägt. Schon eilen die vier Benitos mit der Leiter herbei. Schon zieht sich Sultan Ahmed, der weltberühmte Schwertschlucker aus Bogatzkoi, den Operationssäbel aus dem Schlund. Schon reißt sich der Dumme August die sterile Pappnase herunter und stülpt sie dem Chirurgen als Gesichtsmaske auf. Schon ist selbst der Direktor zur Stelle und assistiert bei der Rüsselprobe. Hoch heben die beiden Chefs den Riechschlauch empor, schlaff fällt er nieder in den Sand der Arena.

„Meine Damen und Herren! Das Rüsseltier liegt in jener barmherzigen Nacht, die da heißt Bewußtlosigkeit. Mit anderen Worten: Eine Narkose erübrigt sich." Mit sicherem Tritt wieselt der Professor die schwindelerregende Leiter empor auf den grauen Koloß. Eine Sekunde scheint er zu zögern. Doch es ist das Zögern dessen, der seine ganze Kraft sammelt. Dann saust der türkische Krummsäbel beherzt hernieder. Genau zwischen die dritte und vierte Rippe. Durchtrennt die gigantische Muskelschicht. Öffnet die mannshohe Brusthöhle. Und vor den verblüfften Augen des Publikums verschwindet der Nestor der deutschen Medizin im Innern des gewaltigen Fleischberges wie die Maus im Loch.

Atemlose Stille. Minutenlang. Eine Ewigkeit. Und dann, gleichsam ein moderner Jonas, taucht der weißhaarige Medizinerschädel aus dem sparschweinartigen Schlitz empor ins gleißende Licht der Manege:

„Meine Damen und Herren: Wie ich soeben feststelle, besteht das Herz des Patienten Hannibal aus zwei gewaltigen Kammern. Jede Kammer besitzt zwei valvulae cordis, zu deutsch: Herzklappen. Es fällt auf, daß die sogenannten Atrioventrikularklappen beim Patienten Hannibal aus segel- und zipfelförmigen Lappen bestehen. Und was soll ich Ihnen sagen: Der linke Lappen ist kaputt."

Taucht wieder hinab in den finsteren Schlund, taucht wieder auf und öffnet den Mund: „Meine Damen und Herren: Die zweizipfelige Mitralklappe ist beim Patienten Hannibal so irreparabel beschädigt, daß sie durch eine künstliche Herzklappe ersetzt werden muß. In der Humanmedizin verwenden wir eine winzige Plastikkugel, ein Ventil, wie es jedem Hobbytaucher durch den Pingpongball oben auf seinem Schnorchel geläufig ist. In der Elefantenmedizin hingegen … "

In diesem Augenblick öffnet sich der brokatene Vorhang unter dem Orchester. Hoch aufgereckt tanzt Petzi Brumm in die Manege, den bunten Ball kunstvoll auf der Nase balancierend. Unter dem tosenden Applaus des begeisterten Volkes reicht der Bär in Weiß dem Mann in Weiß den rettenden Medizinball.

Der Chef taucht hinab in den finsteren Schlund. Das Publikum bangt mit offenem Mund. Da! Unendlich langsam und doch mit vollendeter Majestät hebt der tonnenschwere Patient den stolzen Rüssel zur Kuppel empor. Lichter flammen auf. Die Kapelle fällt ein. Im betörenden Goldschuppenkleid senkt Fräulein Paloma sich wie ein Paradiesvogel aus schwindelnder Höhe herab. Und während das überwältigte Publikum sich brausend von den Klappstühlen erhebt, reiten der Chef und das Mädchen auf Hannibals breitem Kreuz hinaus wie ein Märchen aus tausendundeiner Nacht.

# 16.

*Was bis jetzt geschah:*

*Haus Himmelstür, die Klinik der Superlative, ist ... undsoweiter-undsoweiter. Zuletzt hat das weltberühmte Hospital auf dem Gipfel des Großen St. Bernhard eine neue Heimat gefunden, da, wo weder Feuersbrunst noch Wassersnot, ja nicht einmal eine kleine Atomexplosion ihm etwas anhaben können. Eines Tages legt der weltberühmte Professor seine heilkundigen Hände für ein paar Stunden in den Schoß und sucht im weltberühmten Zirkus Montini ein bißchen unschuldige Zerstreuung. Aber denkste. Mitten in der großen Trapez-Nummer bricht Hannibal, das Elefantentier, mit einer Herzinsuffizienz, zusammen. Staunend wurden wir Zeugen der größten Operation aller Zeiten.*

*Wie wird es weitergehen?*

„Achtung! Achtung! Es hat Einfahrt nach Gleis 3 der weltberühmte Schnellzug vom Großen St. Bernhard. Über Solothurn, Ottobeuren und Freudenstadt. Planmäßige Ankunft 14 Uhr 23. Der Zug führt nur die erste Wagenklasse. Bitte Vorsicht an der Bahnsteigkante."

Den unauffälligen Borsalino tief in die hohe Stirn gedrückt, den Kragen seines dezenten Westbury scheuklappengleich hochgeschlagen, in der Rechten den hocheleganten Samsonite mit dem Allernötigsten, in der Linken aber den Zettel mit der Adresse, so setzt der große alte Mann der deutschen Medizin den Fuß aufs Bahnhofspflaster der fremden Großstadt, blickt scheu um sich und verschwindet hastig im Gewühl.

„Hallo Taxi!" Verstohlen drückt sich der Reisende in den düsteren Fond. Wortlos reicht er dem bärbeißigen Chauffeur die stadtbekannte Adresse: Zeppelinallee 16 bis 18. „Macht 19 Mark 60!" Stumm reicht der Fahrgast einen Zwanzig-Mark-Schein durchs Fenster, stumm nickt er:

„Stimmt so", und steigt mit beklommenen Füßen empor zu dem Jugendstilportal mit dem gediegenen Pappschild:

„Dr. med. phil. et. theol. Olga von Hohenspinn. Psycho- therapeutin. Sprechstunden nur auf besonderen Wunsch."

Viele haben schon versucht, Olga von Hohenspinn zu beschreiben. Haben von ihrem tizianroten Bubikopf geschwärmt, von ihrer hochintelligenten Indianernase, von ihrem so unendlich weichen und doch so unendlich herrischen Mund. Alles Quatsch. Die Augen sind's. Diese unentrinnbaren, diese eulengroßen, diese verzehrenden, diese flaschengrünen, diese durchdringenden, diese meerestiefen, diese kristallklaren, diese unergründlichen, diese alles erkennenden und nichts verstehenden Psychologen-Augen.

„Ich will Ihnen sagen, Fräulein von Hohenspinn, warum ich Sie brauche." Die Hände auf der Brust gefaltet, den sinnenden Blick gleichsam durch die Decke hindurch gerichtet in die unendliche Ferne der eigenen Seele, liegt der weltberühmte Chirurg auf jener Couch, auf der alle Menschen gleich sind. Und am Kopfende der Couch, dieser Couch, die recht eigentlich ein Sofa der Einsicht genannt zu werden verdient, ein Nagelbrett des inneren Leids, eine Luftmatratze des aufgeblasenen Selbstbewußtseins, ein Liegesitz der verklemmten Gier, ein Pfuhl der unbewältigten Phantasien, eine Hängematte der verlorenen Potenz, ein Wasserbett der Tränen, am Kopfende dieser Couch also sitzt Olga von Hohenspinn.

Unendlich langsam tropfen seine Worte ins Stundenglas der Analyse. Arzt sei er und gewiß kein schlechter. Manche hielten ihn sogar für den größten Chefarzt aller Zeiten. Sogar ein Arztroman sei schon über ihn geschrieben worden und gewiß kein schlechter. Und doch: Je größer er der Welt erschienen sei, desto kleiner habe er dagestanden vor sich selbst. Je reicher er geworden sei an irdischen Gütern, desto armer habe er sich gefühlt an innerem Glück. Kurzum, während die Menschheit ihn gefeiert habe als Halbgott und Vollgiganten, habe heimlich an ihm allzeit das Gefühl genagt, er sei im Grunde nichts anderes als ein ganz armes Würstchen. Und wie er das Wort Würstchen in den Mund nimmt, fängt der große Mann zu weinen an. Haltlos wie ein kleines Kind.

Und wie denn eine Mutterhand trostreich durch kindlichen Blondschopf fährt, so fährt jetzt wunderbar der Olga Hand über des Mediziners kantigen Schädel: diese alabasterblasse, diese pflaumenweiche, diese pfirsichzarte, diese rheumalinde, diese handwarme Psychologenhand.

Und wie er ihre Hand spürt, diese alabasterweiche, diese pflaumenblasse, diese rheumawarme Psychologenhand, da bricht in ihm etwas auf. Es bersten die verkrusteten Narben. Es sprudeln die versiegten Quellen. Es zittern die morschen Knochen. Ritsch packt er diese, diese, diese Psychologenhand. Ratsch reißt er ihren seelenvollen Leib hernieder auf den Divan der Instinkte. Rutsch rupft er alles, was Tuch und Hülle an ihr, zu Fetz.

Und mit jener seltsam fordernden Zärtlichkeit, mit einer Zärtlichkeit, die kein Widerstreben duldet, mit dieser herrischen Zärtlichkeit, die recht eigentlich die Zärtlichkeit des Mannes ist, liebkost seine entfesselte Rechte ihren makellosen Psychologen-Rücken.

Jäh stockt sein Puls. Jäh stockt seine Hand. Ein Knübbelchen! An jener unverwechselbaren Stelle zwischen Coxa und Spina abdominalis ein Knübbelchen. Walnußgroß. Mandelhart. Tödlich. Eben jenes Knübbelchen, dem die Wissenschaft den furchterregenden Namen Hypernephrom verliehen hat, um auch schon dem Laien klarzumachen, daß es sich um eine bösartige Geschwulst der Niere handelt, bei der es auf jede Minute ankommt: „Fräulein Olga, du mußt sofort operiert werden!“

Hier liegt sie. Da steht er. Schon oft hat er mit bloßem Notfallkoffer dem Sensenmann gezeigt, was eine Harke ist:

auf dem Eisberg vor Helgoland, auf schwankenden Planken und dort, wo die Lawine rollt. Jetzt aber? Ohne Feldbesteck? Ohne Narkoseflasche? Zum erstenmal in seiner 70jährigen Berufspraxis steht Deutschlands größter Doktor da wie ein ganz armes Würstchen.

„Du brauchst mir nichts zu sagen“, haucht Olga von Hohenspinn mit wissend-fester Psycho-Stimme:

„Aber gemeinsam werden wir es schaffen.“ Leise sinken ihre Lider. Leise sinkt sie selbst in autogene Narkose: „Ein Schäfchen, zwei Schäfchen, drei Schäfchen ... “ Weg ist Olga von Hohenspinn.

Mit neuem Mut beflügelt, greift der weltberühmte Professor zur Cognac-Flasche auf Olgas Nachttisch. Desinfiziert Olgas zartgeschwungene Flanke mit dem edlen Tropfen. Greift zum elfenbeinernen Psychologen-Brieföffner aus Marrakesch, senkt die Schneide auf die lilienblasse Haut. Und mit einem einzigen sichelförmigen Schnitt legt er ihr Innerstes bloß.

Blauviolett funkelt die verhängnisvolle Niere. Tief greift die Hand des Chirurgen nach unten, um das todkranke Organ aus seiner fettigen Kapsel zu lösen. Wo ist der Nierenstiel? Noch tiefer tastet sich der Chefin die geheim- nisvolle Leibeshöhle. Und dann die schreckliche Erkenntnis: Der Nierenstiel ist so kurz, daß er unmöglich mit bloßen Fingern einen Faden darum schlingen kann, um das böse Organ abzubinden.

War alles umsonst? Verzweifelt schweift das Auge des Arztes über den todgeweihten Frauenleib. Schweift über den ebenholzgerahmten Stammbaum derer von Hohenspinn und Meisewitz. Schweift hinüber zu ihrem Louis-XVI.-Schreibtisch mit der schweinsledernen Stehlampe und dem undurchdringlich lächelnden Buddha.

Da! Der Klammeraffe! Randvoll mit rettenden Heftklammern. Ein Gedanke. Ein Griff. Ein Knips.

Gerettet! Viele haben schon versucht, diesen höchsten Augenblick eines jeden Patientenschick-

sals in Worte zu fassen. Die vielen haben sich vergebens bemüht. Aber was alle empfunden haben, hat eine gesagt: Olga von Hohenspinn.
Sie hat die Augen aufgeschlagen. Und wie aus unendlicher Ferne tropfen ihre Worte in die weihevolle Stille des Seelentempels:
„Ich wollte ganz Frau sein. Ich wollte mich dir schenken. Doch jetzt ist Größeres mir widerfahren. Ich hab' von dir mich selber als Geschenk empfangen."

# 17.

*Was bis jetzt geschah:*

*Haus Himmelstür, die Klinik der Superlative, ist abgebrannt, davongeschwommen, vor Helgoland untergegangen und auf dem Gipfel des Großen St. Bernhard strahlend wieder auf gegangen. Mit einem Wort: der Chef operiert weiter – Terrormädchen, Großfürstinnen und Elefanten. Jedoch: obzwar die Welt ihn verehrt als Halbgott und Vollgiganten, fühlt er sich selbst als ganz armes Würstchen. Bei der weltberühmten Psychotherapeutin Olga von Hohenspinn sucht er Seelentrost, findet aber stattdessen in dem lebenshungrigen jungen Frauenleib einen todbringenden Nierentumor. Mit begnadeter Hand und einer Büroklammer gelingt ihm auf der Seelencouch die größte Operation aller Zeiten.*

*Wie wird es weitergehen?*

Wer schreitet so spät durch Nacht und Wind? Wer stapft bei Lunas fahlem Schein durch Binsen und Gebüsch rund um den Wannsee herum? Wer stapft hier? Wer stapft dort? Wer stapft links herum? Wer stapft rechts herum?

„Fühlst nach der Heimat du das Weh,
O Fremdling, dich durchschauern,
Land an dem nordschen Geistersee,
Hier ist es schön zu trauern."

Links herum, in ihrem selbstgesponnenen bengalischen Schlabbersari, das schulterlange Seidenhaar bockig übers Ohr gezaust, stapft SIE: Dr. med. phil. et theol. Olga von Hohenspinn, Deutschlands jüngste und verheißungsvollste Psychotherapeutin. Rechts herum, das weiße Haupt in beide Hände vergraben, nicht achtend auf Stock und Stein, auf Schilf und Binsen, stapft ER: der große alte Mann der deutschen Medizin.

Und keiner von den beiden weiß, daß auch der andere ruhelos um den Wannsee stapft. Und doch trägt jeder des andern Bild voll Schmerz und Lust in aufgewühlter Brust. Trägt's seit der schicksalhaften Stunde, da sie beide auf wunder Seele Couch einander ins Antlitz sahen und ins Herz – wissend beide im jähen Aufruhr des Gefühls, was schon der weltberühmte Dichter Novalis wußte, als er schrieb:

„Wer die Schönheit angeschaut mit
Augen,
Ist dem Tode schon anheimgegeben.
Wird für keinen Dienst auf Erden taugen,
Wer die Schönheit angeschaut mit
Augen.“

In diesem Augenblick geschieht es. Die links herum gestapft war und der rechts herum gestapft war – sie stapfen einander in die Arme. Beklommen hält die nächtliche Natur den scheuen Atem an. Noch einmal taucht, von scheuer Gier gepeitscht, die blasse Maid den Zauberfesselblick ins zeitlose klare Auge des Alten vom Berge. Dann, die heiße Wallung vulgärster Gefühle zu ersticken, wirft sich die Jungfrau selbst verzweifelt in den nordschen Geistersee.
Einatmen – ausatmen. Einatmen – ausatmen. Wie lange wohl schon kniet der Senior der abendländischen Chirurgie hingebungsvoll über dem entseelten Leib des nassen Fräuleins? Wie lang wohl schon versucht er mit allen Künsten der Kußmaulschen Beatmung, dem nordschen Poseidon die aphrodisische Beute zu entreißen? Einatmen – ausatmen. Einatmen – ausatmen. Hundertmal. Tausendmal. Odem um Odem bis zur Erschöpfung. Brodem um Brodem in titanischem Kampf. Und in eben dem Augenblick, als es ihm gelingt, dem todgeweihten Weibe ein biß-

chen Geist einzuhauchen, da haucht der große alte Mann des deutschen Arztromans selber den Geist aus.

Verehrte Trauergemeinde, zutiefst bewegte Damen und Herren, liebe Erschütterte. Entschlafen ist der sagenumwobene Patriarch der anabatischen Metachirurgie. Vollendet der erleuchtete Herold der katexotrophen Rumpeltherapie. Ausgeblasen der unersetzliche Leuchtturm des thalassogenen Nabelsyndroms. Verblichen die hochdekorierte Pfeilspitze der hypokaustischen Tropfstein-Orthopädie. Heimgegangen der tollkühne Verkünder und Begründer des gynäkophilen Mandelkragen-Hämotoms. Abgeschieden der nimmersatte Mehrer und Lehrer der rhodophyllaktischen Schwefelkopf-Anästhesie. Verewigt der strahlende Altmeister der antistatischen Eierschwamm-Geriatrie. Verloschen die unbestechliche Fakkel der progesteromorphen Gasfuß-Dialyse. Den Seinen entrissen der unerschrockene Steuermann am Stroboskop der digitalgefrästen Knethaken-Pathologie. Niedergemäht der kolossale Bannerträger der holosynoptischen Dreikorn-Hygiene. In den Hafen gesegelt der unbezähmbare Muezzin der semierektiven Gundelreben-Psychiatrie. Verklärt der stählerne Lotse des nuklearen Hacktheorems. Eingegangen der unausrottbare Hohepriester des pseudopneumonalen Trümmeraxioms. Abgekratzt die funkelnde Krone des unbezahlbaren Bruchmodells der deutschen Medizin.

Mitternacht die Geisterstunde
Totenstill die weite Runde
Auf dem Friedhof in Berlin
Wo die stillen Kränze blühn
Zwölfmal schlägt die Uhr vom Turme
Leise pickt der Totenwurme
Da verharrt der Schritt des Wandrers
Denn da pickt doch auch was andrers
Dort wo unter einer Eibe
Scheinbar mit entseeltem Leibe
Der Professor liegt im Grabe
Mit des Äskulapes Stabe
Zuckt im Enzephalogramme
Ungestüm des Lebens Flamme
Scheintot in dem Eichenschreine
Regen Kopf sich und Gebeine
Stemmt sich des Professors Hand
Gegen finstre Sargeswand
Ringt in dumpfer Totengruft
Ein Chirurgenherz nach Luft.
Und kritz und kratz
und schripp und schrapp
Mit dem Stab des Äskulap
Sieht man jetzt den Professoren
Sich den Weg nach oben bohren
Schon entsteigt auf leisen Sohlen
Er den schwarzen Eichenbohlen

Steigt ins Leben neu empor
Wirft vom Haupt den Trauerflor
Und entfleuchet still und sacht
Seinem Grab im Hemd der Nacht.
Und wenn er nicht gestorben ist
der größte Therapeute,
dann schlurft er rum im Klinikum
und operiert noch heute.

Hans Conrad Zander
**Von der Religiosität der Katzen**
24 Sonntagsweisheiten von Hans Conrad Zander
Mit weisem Spott füllt Hans Conrad Zander Ihre sonntägliche Leere. Sie wundern sich über: "Das Vermächtnis des Hilfsgeistlichen Alfred Birch", "Von der Lust ein Fremder zu sein", "Warum ich Adolf Hitler gut verstehen kann", "Ode an die Geschirrspülmaschine", "Die Unterhose über Grönland" und zahlreiche andere Sonntagsweisheiten – bekannt aus dem WDR. In der "Theologie der Wiederholung" erfahren Sie, warum Sie dieses Buch immer wieder lesen müssen. Sie brauchen die Sonntagsweisheiten von Hans Conrad Zander.
2. Aufl. 1990, 136 S., 14,10 DM, Ln, ISBN 3-88660-516-7

Hans Conrad Zander
**Von der rechten Art, den Glauben zu verlieren**
Eine Überzeugung, ja den Glauben zu verlieren, gehört zu den Risiken des modernen Lebens. Jedem kann dies widerfahren. In solcher Not hilft Hans Conrad Zander mit "praktischen Ratschlägen". Er hilft, den Glauben gelassen zu verlieren und warnt Sie vor der größten Gefahr: der Gefahr, gleich einen neuen anzunehmen. Zum Verständnis Ihrer Selbst und der Welt brauchen Sie das Werk von Hans Conrad Zander.
1990, 60 S., 14,10 DM, Ln, ISBN 3-88660-999-7

LIT Verlag Münster – Hamburg – London
Bestellungen über:
Grevener Str. 179 48159 Münster
Tel.: 0251 – 23 50 91 – Fax: 0251 – 23 19 72
e-Mail: lit@lit-verlag.de – http://www.lit-verlag.de
Preise: unverbindliche Preisempfehlung